KB202063

바다는 해녀를
해녀는 바다를

바다는 해녀를
해녀는 바다를

강영수 시집

한그루

차례

머리말

　해녀인 아내와 50여 년 살면서 물질 가는 날이면 긴장의 끈을 놓아본 적이 없습니다. 바다 날씨가 좋든 궂든 노심초사, 늘 초조하고 불안한 마음입니다. 변화무쌍한 날씨에 이따금 해녀 사고라 하면 아내의 모습이 겹치면서 덜컹 가슴을 쓸어내릴 때가 한두 번이 아닙니다. 나이가 들고 해를 거듭할수록 아내는 경제적인 욕심보다 생활의 활력소로 물질을 다녀와야 살 것 같다 말합니다. 천길 물속엔 무엇이 있는지 알 수 있을지 몰라도 해녀의 속내는 바다 날씨와 그날의 해산물에 따라 나날이 다릅니다. 그래서 더 마음이 아립니다. 오래갈 것 같지 않은 해녀들이기에 그 정신과 생활을 시詩 한 편으로라도 남기고 싶을 따름입니다.

　이번 시집은 해녀의 생로병사나 다름없는 생활을 시로 엮었습니다. 제1부엔 신작 시 103편을, 제2부엔 기존에 발표했던 해녀 시 중에서 100편을 선별해 오탈자와 어색한 표현을 바로잡고 행간을 첨삭했습니다. 그리고 부록으로 우도 마을별 해녀 수와 물 때표, 연도별 소득을 싣고, 812개의 낱말을 풀이한 우도 해녀들의 말을 작은 사전 형식으로 묶었습니다.

　책이 출간되기까지 애써 주신 한그루 관계자들에게 진심으로 감사드리며 시집의 주인공이나 다름없는 내자에게 이 책을 바칩니다.

2024년 가을
강영수

프롤로그

묻과 물을 넘나들면서 고단할수록 강해지는 해녀들입니다

가족을 위해 얼음장 같은 바닷물에 서슴없이 몸을 던지는 해녀들입니다

한 치 앞도 내다볼 수 없는 불투명한 바닷속에서 길을 내는 해녀들입니다

하루하루 무사함에 기도하는 샤머니즘을 신봉하는 해녀들입니다

거친 파도와 위기 상황에서도 순간순간을 판단하고 극복하는 해녀들입니다

변화무쌍한 성깔에도 자식들 잘되면 그만이라는 소박한 해녀들입니다

팍팍한 환경에서 치열한 삶을 대물림으로 살아온 마지막 조락의 해녀들입니다

지식의 인문학이 아닌 지혜의 철학으로 살아가는 해녀들입니다

극한 상황에서도 삶을 포기하지 말라는 교훈입니다

해녀들은 강하고 위대한 존재입니다

제1부 ————————————————————————

해마다 해녀가 뿜어다

바닷길 해녀

삶의 굴곡이 바닷길

덥다고 안 갈 길인가
춥다고 못 갈 길인가
아프다고 멈출 길인가
위험하다 피할 길인가
죽는다고 돌아설 길인가
물이 써면 가는 길
물이 밀면 오는 길

해녀 인생사 바닷길

우도 여자들은

우도 여자들은
다
해녀였다

우도에서 여자로 태어나면
다
해녀가 되었다

우도에서 여자로 태어나서
다
해녀가 아닌 여자는 없었다

우도에서 여자들은
다
엄마 뱃속에서 물질을 배웠다

우도에서 부자는

다

해녀가 많은 집이었다

우도에서 일등 신붓감은

다

물질 잘하는 해녀였다

우도에서 해녀는

다

섬이다

불턱과 탈의장

1990년대 초입까진 '**불턱**'
그 이후부턴 '**해녀 탈의장**'

불턱은 하늘의 영역
탈의장은 인간의 영역

불턱은 자연의 둥지
탈의장은 문명의 둥지

불턱엔 혼이 있고
탈의장엔 흥이 있고

불턱은 숨결이 서린 곳
탈의장은 애환이 서린 곳

불턱은 소중의의 시름
탈의장은 잠수복의 고달픔

불턱은 검질 불 열기로 몸을 씻고
탈의장은 물로 몸을 씻고

불턱 왁자지껄은 서로 위안의 수다
탈의장 소란은 경쟁 우열의 수다

불턱은 소멸한 사진 속 박물관
해녀 탈의장은 소멸 위기의 쉼터

겨울 물질

하늘 한 번 쳐다보고

바다 두 번 쳐다보고

바람 세 번 쳐다보고

아내 열 번 쳐다본다

테왁 위 유랑

해녀는 테왁 위 부표 인생
테왁에 몸 실어 폐부를 가다듬어
물속이 깊으면 깊은 대로
얕으면 얕은 대로
언저리와 테왁을 오가며
무궁화꽃이 피었습니다
궁둥이는 하늘을 보며 숨빔질하고
머리는 물속으로 곤두박질하고
허탕일 땐 물 위로 데맹이 매쪽 테왁 붙잡고
술래일 땐 망사리에 물건 담아
물때 맞춰 물건 찾아
물이 흐르는 대로

해녀는 테왁 위 유랑 인생

해녀의 일상

해녀들은 아침에 일어나면 바다를 먼저 봅니다
아침밥을 먹어야 하나 말아야 하나 망설입니다
물질을 가게 되면 굶고, 못 가게 되면 밥을 먹습니다
밥을 먹고 물질하면 토하기가 일쑤여서입니다
물속에서 거꾸로 작업하기 때문이랍니다
해녀들은 위장약과 두통약을 먹어야 물질합니다
해녀들은 다반사 난청에 위장병을 달고 삽니다
해녀들은 아파도 물질이 먼저입니다
병원에서 의사가 뭐래도 죽을병이 아니면 시간 없다 합니다
고뿔 감기는 물질하다 보면 코피를 쏟곤 시원하다 합니다
기침감기가 아니면 물질이라 하면 강신도 못 말립니다
춥고 덥고 고달픔 따위는 아랑곳하지 않습니다
팔자소관이라며 죽음을 두려워하면 물질을 못 한다 합니다
해녀의 물질은 누군가 도울 수가 없습니다
해녀들에게 몸치장은 사치라 여깁니다
겨울엔 시린 손발 남몰래 울기도 한답니다
물질 땐 손발에 지문이 없습니다
갯ᄀ 볕에 그을린 얼굴 수경테가 징표입니다
망사리가 차면 웃고 망사리가 비면 울상입니다

혹독한 물살에 해녀보다 강한 사람은 없을 것입니다
돈벌이에 내몰린 몸 녹초가 되어 집에 옵니다

해녀는 바다를 품고 자고 깨는 게 일상입니다

숨과 물숨

숨은 뭍의 숨
물숨은 물의 숨

숨은 코로 쉬는 숨
물숨은 입으로 쉬는 숨

숨은 일상의 들숨 날숨
물숨은 참는 들숨 날숨

숨은 모든 사람의 숨
물숨은 해녀들의 숨

몰아쉬는 숨은 한숨
몰아쉬는 물숨은 숨비소리 숨

억,
하는 숨은 죽음의 숨
컥,
하는 물숨은 살았다는 숨

개석

물질하는 초보해녀들에게
상군해녀들은 먼바다로 물질 오가며
애기바당에서 잡은 해산물을
초보해녀 망사리에 넣어 주며
상군해녀 되거라 응원과 격려로
힘내라 북돋우며 도닥이는 미덕
험한 바다 상황에서도 상군들은
베풂과 나눔을 일깨워주는

물엣 인심

카멜레온

40대 때
해녀인 아내에게
언제까지 물질할 거 하고 물었다
몸 성허민 60까진……
왜, 그건 묻느냐는 눈치였다

50대에
60세까지만 물질할 것이란
약속 지킬 거죠?
아니
아직은 젊은데
70세까지는 하고
대답이 흐렸다……

60대에
70세까지만 물질해야 한다 했더니
아니
아직은 상군인데
얼굴을 마주치지 않고 곁눈질……

70대 초입
이제 물질을 그만하자 닦달했다
아니
사지가 멀쩡한데
놀아 뭐할 거냐며
80까지는……

아니
그땐
내가 더 물질하라 할 것 같다고 했더니
세월에 주름진 얼굴
눈만 껌벅인다

해녀 지어미

물질 간 아내를 기다리는 것은
숨 쉬는 아내가 보고 싶어 기다립니다

물질하는 아내에게 미안한 것은
해녀로 살게 해서 미안합니다

자맥질하는 아내가 불안한 것은
턱밑 숨비소리 가물가물 불안합니다

해녀인 아내를 사랑하는 것은
밥상머리 마주할 수 있어 사랑합니다

해녀인 아내와 연민은
티격태격 같이 있어 행복합니다

해녀인 아내와 간절한 소망이 있다면
마지막 동행입니다

해녀의 장르

빗창으론 시를
중게호미론 수필을
글각지론 소설을
맨손으론 시나리오를

바닷속에선 글을
물 위에선 그림을

오리발론
지우고 또 지우고

테왁망사리 장르

해녀처럼 1

소통하는 처세
순응하는 정신
극복하는 지혜
대처하는 슬기
암묵적인 판단
위기에 침착성
파도와의 교감

물질하듯 산다면……

초석

해녀 입문

바다를 알고
파도를 알고
물찌를 알고
물때를 알고
물살을 알고
담금질을 연마하며
바당밭을
넘나든다

테왁과 망사리

테왁과 망사리는 한 벌

테왁엔
기둥줄에 테두리줄을 얼기설기 묶고

망사리엔
굴렁쇠 모양의 둥근 어음을
망사리 안쪽으로 감싸 얼기설기 묶으면
그물망 주머니 망사리

테왁과 어음에 기둥줄과 목줄로
묶어 매달면
한
벌
테왁망사리

시대적 흐름에 테왁과 망사리

테왁

담부(양철)테왁, 유리공테왁, 콕테왁. 스티로폼테왁……

망사리
재질에 따라
미망사리, 남총망사리, 짚망사리, 신사라망사리, 나이롱망사리, 플라스틱망사리……
용도에 따라
우미망사리, 헛무레망사리, 메역망사리, 감태걸망, 조락은 보조망사리……

이유도 가지가지

물질 쉬라 하면

물때가 좋아서
날씨가 좋아서
ㅈ문날이라서
남들이 가는데
사지가 멀쩡해서
바다에선 아프지 않다며
이런 시절 장 있느냐며

이유 없는 물질은 없다

해녀의 미소 2

소라 잡을 땐 눈이 웃고
전복 틀 땐 코가 웃고
해초 맬 땐 손이 웃고
고기 잡을 땐 발이 웃고
망사리가 차면 몸이 웃고
망사리가 비면 마음이 운다

해녀들은 몸으로 웃고 운다

불턱

돌담 쌓아 바람 막고
하늘을 지붕 삼아
돌담으로 앞 가리고
비가 오면 비를 맞고
눈이 오면 눈을 맞고
해녀 삶의 애환을
돌담 화덕 검질불에
언 몸 녹이며
수다로 시름 달래
대를 잇던
해녀들만의 영역

물질 2

얕은 곳에서
깊은 곳으로

겉 물결에서
속 물살로

바닷속
생존의 지혜를 배운다

물때와 물찌

물때
바닷물이 들고나는 무수기
하루 두 번 들고 난다
밤에 들고 나는 바다를 밤 물때
낮에 들고 나는 바다를 낮 물때
밤 물과 낮 물의 시간 차이는 12시간 25분
하루에 50분 늦어지는 주기

물찌
음력 한 달을 상현 하현
상현을 보름물찌 하현을 그믐물찌
보름물찌가 시작되는 ᄒ물은 음력 매달 9일
그믐물찌가 시작되는 ᄒ물은 음력 매달 24일
보름과 그믐은 일곱물
초ᄒ루와 열ᄋ세는 ᄋ덥물

해녀들은 물때와 물찌의 순환 시간표

해녀의 리듬

들숨과 날숨
썰물과 밀물
물살과 물결
조금과 사리
물때와 물찌
금채와 ᄌ문

밤과 낮
삶과 한

조금과 사리웨살

조금
바닷물 흐름이 느슨한
열흔물서부터 다음 물찌 너물까지
물싸는 물때가 오전일 땐 정춤물질
날씨 상황에 따라 반물질

사리웨살
바닷물 흐름이 빠른
다섯물서부터 열물까지
ᄋ돕물서부터 한ᄌ금까지 휴한기

해녀들은 조금과 사리 물때 맞춰
밭과 바다를 넘나든다

구미와 소임

구미
바닷가 일정 구역
감태가 자주 떠밀려 오는 구역을
감태구미
버난지가 자주 떠밀려 오는 구역을
버난지개
......

소임*
구역을 관리하고 감시하는 사람
파도가 치거나 태풍이 불면 돌아보고
버난지나 해초가 떠밀려 왔으면
그 정황을 반원들에게 알리고
동원하는 역할과 분배의 책무

*동엔 '동장', 반엔 '반장', 갯가엔 '소임'

간출여

해녀의 텃밭
여는 해초를 먹고
해초는 여를 먹고
공생의 먹이 사슬

여가 없는 바다는
해녀도 없다

해녀는 여를 먹고 산다

구슴과 훔치

여와 여, 코지와 코지
폭이 좁은
안쪽으로 약간 들어간 지형

구슴과 훔치의 차이는
물이 깊고 얕음의 차이

구슴은 물이 깊고 움푹 파인 곳
훔치는 물이 얕은 곳

물이 싸야 알 수 있는 곳으로
해녀들은 기 꿰뚫고 있지만
헤엄이 서툰 사람들에게 위험한 구역

구슴과 훔치엔
고기 떼가 잘 드나들기도 하고
해산물도 풍성한 곳으로

해녀들은 시기 때때 물때 맞춰 찾는 곳

코지와 알

코지
해녀들에겐 이정표
작업 나설 땐 바람과 물 흐름을 판단하고
먼바다로 나갈 땐 코지를 찾아 입수
바람과 파도를 막아주기도 하는 코지
작업 여부를 가늠하게 하는 코지
해녀들만의 소통하는 코지
ㅂ름코지
드렁코지
진코지
……코지

자연에 의지하고 사는 해녀들

알
아래쪽이란 뜻으로
해녀들은 작업하고 날 때는
무거운 테왁 망사리 때문에
불턱 가까운 곳으로 난다
지형의 이름을 붙여
개창알
불턱알
……알

물질은 코지로 빠지곡 날 땐 알로 나곡

개맛과 홈텡이

개맛
돛배와 테우를 안전하게 매어두는 포구
1970년대 중반까진
우도엔 마을마다 한두 군데 개맛이 있었다
물때나 태풍의 방향에 따라 안전한 개맛에 매어둔다
개창엔 대부분 튼석
산업의 발달로 발동기가 나오면서
선조들의 얼인 개맛이 묻힌다
개맛은 여름철 아이들 헤엄을 배우고
숨 참기 담금질을 연마하는 곳

홈텡이
바닷물이 싸면 갯가 물웅덩이
갯가의 홈텡이는
물이 싸면 어린이들이 물장구 치며
바다로 나가기 위한 초입의 수련장

밀물일 땐 개맛에서
썰물일 땐 홈텡이에서
담금질 내공을 키운다

원

돌그물
밀물에 들어온 멜 떼
썰물에 나가지 못한 고기를 잡는 원
물 반 고기 반이던 시절
1970년대까진
물때 맞춰 원을 둘러보고
원에 멜이 들었으면
원에 멜 들었저 하는 새벽을 울리는 소리에
눈 비비며
족바지 들고 멜 거리레 갔었던 추억이 눈에 선하다

해녀는 해녀는

없어도 없어 하지 않고
있어도 있어 하지 않고

없다고 손 내밀지 않고
있다고 티 내지 않고

남 것에 탐하지 않고
내 것에 자랑하지 않고

아파도 병원 서둘지 않고
병원보다 바다가 우선이고

시름은 물질로 씻고
애환은 불턱에서 풀고

집에서 근심 걱정
바다에서 씻고 온다

바다와 해녀는 동공

몸을 달군다

훈련에 훈련의 일상화

목숨을 두려워하지 않는 배포
거친 파도와의 사투
물살에 순응하는 지혜
사느냐 죽느냐의 운명
추위와 수압의 극복
정신력 한계의 초월
예측 불허의 판단력

바다를 알고
나를 달군다

난바르 물질

뱃물질
1970년대까지 성행했던 뱃물질
고무 잠수복이 나오기 전
소중의 입고 물질할 땐 작업 시간이
한 시간을 넘기지 못했던 시절
물때 맞춰 작업 장소까지가 멀어
배를 타고 가서 물질을 했었다

난바르 물질은 물질 기량이 능숙한 해녀들만
며칠 배에서 숙식하며 물질하는 경우와
당일치기로 아침에 가서 작업 마쳐 돌아온다
해녀 배는 돛대가 하나인 외대선 풍선

해녀 노동요 근원은 노를 저으면서
물살을 거스르며 노를 밀고 당기며
신세를 한탄하며 흥얼거렸던 노동요
이어도사나 이어도사나 우리어멍 나날적에
......

출가물질

　　우도 해녀들의 출가물질은 4월 미역을 채취하고 육지로 나가 팔월 추석 때쯤 들어왔다 그 시기가 9, 10월 육지엔 가을이면 물이 차서 작업하기가 춥다 우도는 그때가 경제적으로 여유로운 시기였다 딸 많은 집이 부자였던 때 딸들이 물질로 벌어온 돈으로 빚 갚고 가족들 빔도 넉넉 땅도 사고 집도 사고 쉐도 사며 가정을 일궜다 2, 3월이면 육지에서 해녀 모집원이 들어와 해녀 인솔자를 선정하고 전도금선급금을 주며 해녀를 모집하게 했다 인솔자란 명분으로 현지에 물질 가면 다른 해녀들의 부득이한 사정까지 떠안아야 했다 해산물을 잡으면 3 대 7이나 4 대 6의 비율로 6이나 7은 전주선주 몫 3이나 4는 해녀 몫으로 전도금이 마냥 무이자가 아님을 실감했다는 아린 이야기 인솔자가 뒤무르면 전주의 저울 횡포에 속수무책 물질 작업도 물때와 날씨 시간에 아랑곳없이 하루에 여러 차례 몸을 녹이며 물질을 하게 했다는 노예나 다름없는 대우 1970년대 후반부턴 고무 잠수복으로 출가물질이 사시장철이었다 1990년대부턴 출가물질할 젊은 해녀가 없다 요즘 우도에 몇몇 50대 후반이나 60대 초반인 주부들이 출가물질로 스쿠버 장비로 더 위험한 물질로 한 물찌에 며칠 출가물질을 오간다 출가물질 종지부가 멀지 않았음을……

여운

평생 물질로
끼니 때우고
자식 키운 게
죄인가
자식들 걱정 끼치지
않으려고
지아비 보내고
지아비 따라
물질하다
물에서
생을 마치셨네

어느 해녀 인생사

너 장하다

60여 년 해녀 인생

모진 풍상 다 겪으며
거느린 식솔들

이제
다
제 갈 길을 가는구나

자신을 반추하며
휑한 듯

너
참
장하다

자신을
위로하는
해녀 지어미

심통

아침 밥상머리에서
물질 갈 아내에게
간밤에
꿈자리가 좋지 않으니
조심하라 했더니

저녁 밥상머리에선
시큰둥
작업 갈 땐
꿈 이야기는 하지 말라며
다른 사람들보다
신경 쓰여서 물건을 못 잡았다기에

그래서
무사함에 감사하라 여기라 했더니

아내는
심통한 눈을 흘긴다

속내

물질 가는 날
아침 날씨가 썩 좋은 편은 아니다
작업이 어중간하다며
아내는 몇 군데 전화를 걸면서 작업할 수 있는지 여부를
묻곤
나를 쳐다보며
내가 먼저
물질 가자 나서지 않겠다는
내
지
어
미

망할 일 없는 해녀

씨를 뿌리는 것도 아니고
종자를 심는 것도 아니고
거름을 주는 것도 아니다

병해충 약 걱정할 일 없고
계절과 시기에 따라
캐고 잡기만 하면 된다

바다가 다 알아서 주는 걸……

상반

아내는 너런지 물질 갈 거라
들썽들썽

나는 너런지 물질 간다니
조마조마

ᄌᆞ문날 2

금했던 해산물을 트는 날
첫날은 대ᄌᆞ문날
초벌 작업 때는 통상적인 ᄌᆞ문날

대ᄌᆞ문날은 환자가 아니면
해녀 전원이 작업에 참여
개인이 불가피한 일이 생기면
대ᄌᆞ문날은 다음으로 미루는
해녀들만의 불턱 미덕 불문율

또한
작업 시간을 어기거나 경계를 이탈할 땐
그에 상응하는 벌칙으론
채취한 물건 일부를 몰수한다든가
다음 날 늦게 입수하게 한다

해녀가 환자일 경우는 일정한 날을 정하고
물질 잘하는 상군해녀에게 부탁해서
대리 물질을 했다

그러다 형평성 논란으로
2010여 년대서부턴 공동으로 작업을 해서
환자 해녀들에게 골고루 나눈다

해녀들에게
ᄌᆞᆫ문날은 일 년 기다린 농사를
수확하는 설렘으로
기다리고 기다리는 날

해녀의 일복

소중의(소중기)

해녀들이 물질할 때 입는 일복

재질은 수입 밀가루 포대 천으로 검정물을 들였다

시중에 판매하지 않아서 할머니나 어머니가 만들었다

성인이 되면 손수 재단하고 아름다운 무늬를 덧붙여 뽐내기도

했던 소중의

1970년대 중반까지 입었던 물옷

대대손손 이어온 전통의 소중의

부분마다 정겹게 붙여진 우리말의 이름들

'처지, 이몸, 굴, 메친, 곰, 벌ᄆ작, 쾌, 바대, 어깨말이……'

벗기보다 입기가 편한 선조들의 지혜의 소중의

일반적으로 메친 어깨끈이 하나인 소중의

어깨끈이 양쪽인 경우는 어깨마리 소중의

시대를 대변하는 물속 해녀들의 일복 예술품

물적삼

살갗 보호용 하얀 적삼

어른들은 거치적거려 하는데 앳된 처녀들은 입었다

머리엔

물속에서 흩어지는 머리를 감싸는

어른들은 물수건 처녀들은 까부리물모자를 썼었다

물가에 소중의와 물적삼과 물수건이나 까부리를 쓴 해녀의 모습은

그 어느 모델과 비교할 바가 아니다

고무 잠수복

고무 잠수복은 스펀지 옷

1970년대부터 수입품 고무 잠수복이 이젠 스펀지 재질

고무 재질이어서 입고 벗기가 쉽지 않다

고무옷, 오리발, 고무모자, 봉돌, 어감도 냉하다

잠수복을 입기 시작하면서부턴 해녀들의

작업환경과 여건 변화는 전쟁터와 다를 바 없다

계절도 시간도 날씨도 인정도 냉하다

짧게는 네댓 시간 길게는 일고여덟 시간

고된 작업 시간은 각자의 몫

입수할 때 두통약만 먹던 약도

위장약 관절약 주기적인 영양제 링거주사도 맞는다

한정된 작업 장소에 잡고 캘 물건도 고갈

애기바당 할망바당 게석의 인심도 옛말

이젠

이젠

불턱 문화는 없고 해녀 탈의장 돈벌이만 있을 뿐

상생

며칠 물질 못 하니
안달이었다

물질 다녀와서
밥상머리에서
왈,
물질 다녀오니
기분도 좋고
밥맛도 좋다는
지어미

갱년기며 우울증
걸릴 시간이 없다

강한 해녀도

몸이 아파서 동티로 여길 땐

해녀들은
심방을 찾아

빌고
또
빈다

심방에겐
여린 해녀

뚜데기와 물체

해녀들이 물질하고 나와
불을 쬐면서 언 몸을 녹이며
어깨에 덮고 입는 방한용

뚜데기 요즘 비교하자면 숄
물체 두툼한 솜을 넣고 만든 품이 넉넉한 겉옷
천을 겹쳐 속에는 솜을 넣고 누빈 뚜데기와 물체
불턱에 아린 추억의 영상물
현대식 탈의장 건립으로
머릿속에 남는다

장갑과 손복닥

장갑
1980년대 이전엔 장갑이 흔치 않았을 때다
실장갑이 헐어 구멍 나면
천을 대고 한 땀 한 땀 누비고 꼈다
특히 손가락 부분이 빨리 터져 너덜거렸다

손복닥
손가락 모양의 손가락장갑
딱딱한 천으로 만들어 손가락을 보호하고
빨리 터지는 장갑을 더디 헐게 했다

가난했던 시절 추억의 장갑과 손복닥
요즘은 용도별로 골라 골라다

해녀 소품

빗창으론 생복 트고
중게호미론 메역 주물고
골각지론 오분작 트고
성기 골각지론 성기 홈프고
까꾸리론 문게 잡고
작살론 꿰기 쏘고
맨손으론 우미 매고
장갑 끼엉 고동 잡고
물속에서 소품 놀이로 산다

질구덕과 고애기

질구덕

해녀들이 물질 도구를 넣어 지고 다니는 큰 대바구니

물질하고 나 언 몸 녹일 검질은 필수

그 위에 테왁망사리를 얹어

해녀의 발자국 따라 끄덕이는 모습은 해녀의 상징이었다

불턱이 탈의장으로 진화돼 사라진

질구덕

질구덕은 헐어 못 쓸 무렵엔

헝겊을 바르고 곡식을 담는 ᄇᆞ른구덕

플라스틱 재질이 자리를 대신하면서 사라진

애환의 구덕

질구덕 츨구덕 송동이 ᄇᆞ름구덕 물구덕 애기구덕……

고애기

구덕 바깥 밑창 물받침

바다에서 젖은 해초를 구덕에 담고 운반할 때

옷을 젖지 않게 하는 물받침

바싹 말린 소가죽 고애기, 두터운 실로 촘촘히 짠 무지 고애기

고무 고애기를 끝으로
질구덕과 같이 사라진 고애기
문명의 발달로 아렸던 생활 도구……

눈과 눈곽

물속 사물을 보는 물안경
유리알이 두 개인 것은 눈, 족은눈
유리알이 하나인 것은 수경, 큰눈

족은눈
만들어진 지역 지명을 붙여 '꿰눈, 엄재기눈'
테는 얇은 구리판이나 양철, 소뿔이었다
수압으로 인해 눈에 압력이 심하다

큰눈
이마에서부터 입언저리 코밑까지 덮어져 호흡은 입으로
테가 구리판으로 만들어져 쇠눈 또는 통눈
쇠눈은 대부분 주문 제작
1970년대 전후 테가 고무로 제작되어 시판되면서
수경 또는 큰눈으로 불렸다
요즘은 수경알에 돋보기를 붙이기도 한다

눈곽
수경을 넣고 다니는 가로세로 각 20여㎝ 높이 15여㎝의

뚜껑이 있는 널판때기 상자
눈곽 속에는 수경과 밀, 생쑥은 필수
생쑥은 유리알이 뿌예지는 현상을 방지하기 위한 것으로
유리알 안쪽을 입수 직전에 문지른다

밀과 귓병

밀

귓구멍 마개

1980년대까지만 해도 의료시설이 열악했던 시절

할머니 어머니 세대는

끈적끈적한 소나무 송진과 말랑말랑한 껌을 씹어 귓구멍 마개

를 만들어 사용했다

송진과 껌이 혼재된 귓구멍 마개가 귓속에 눌어붙어 파내다 귀

에 상처를 입기 일쑤

요즘은 의료재료로 다양한 재질로 귓구멍 마개가 나온다

귓병

귀먹음

귓구멍에 물 마를 날이 없는 해녀들

해녀들에게 가장 먼저 닥치는 병

난청

해녀라면 난청이 다반사

상군일수록 더 심한 편

깊은 바닷물 속 수압으로 인한 고막 손상 '귀뜨림'

막은 밀이 느슨해져 물들어 가면 '밀틈'

통증이 없으면 병원 진료를 게을리하는 해녀들
곪아 터져 통증이 있어야 병원을 찾는 해녀들

귀때림, 밀틈을 당연하다 여기는 해녀들

내 어머니는 물질로 얻은 귓병으로
사경을 헤매며 질곡의 삶을 사셨다

내 지어미는 물질로 얻은 귓병이 해녀란 징표로 살아갑니다

굴각지와 중게호미

굴각지
해녀들은 호미를 굴각지 또는 굴겡이, 호맹이라 한다
뭍에서 사용하는 굴각지와 바다에서 사용하는 굴각지는 모양
은 비슷하나
손잡이나 날과 고정하는 방법이 다르다
바다의 굴각지는 손잡이가 짧고 끝부분 쇠는 손잡이를 뚫고 나
와 휘어 있어
고무줄을 묶을 수 있게 한다 작업 시 양손을 사용할 수 있게 함
이다
양손을 쓸 땐 손목에 매달리게 하는 지혜
굴겡이는 물속 바위틈 돌 틈 엉덕에 있는 해산물을 잡는 도구
로서
잡는 해산물에 따라 길이와 날이 다르다
오분작 굴각지 성기 굴각지 문게까꾸리……

중게호미
바다에서 사용하는 낫은 중게호미
뭍에서 사용하는 낫은 비호미
중게호미는 비호미보다 날이 좁고 짧다

손잡이 자루도 미끄럽지 않게 손잡이 손 쪽 끝이 뭉툭하다
날을 자루에 묶을 땐 날 끝부분이 등짝에 위험하지 않게 묶는다
해녀들이 물가에 갈 때는 허리 등쪽 소중의 곰에 비슷하게 찬다
중게호미는 메역 감태 둠북 뭄…… 바다풀을 캐는 도구
콕테왁과 소중의가 사라지면서 비호미와 크기만 다를 뿐

비호미는 곡식이나 풀을 베고
중게호미는 바닷속 해초를 벤다

빗창과 소살

빗창

전복을 캐는 도구

길이 25cm 내외 폭 2cm 정도의 두껍고 너부죽한 강한 쇠붙이

끝은 둥글고 예리하다 손잡이 머리끝은 동그랗게 말아 구멍을 내 고무줄 끈을 단다

양손을 사용할 땐 손목에 매단다

전체적인 모양은 조금 휘어져 있어 지렛대 원리

전복은 단번에 캐내지 못하면 상처로 상품성이 떨어져 상처 정도에 따라 값이 다르다

숨이 다 돼 물속에서 전복을 봤을 땐 건드리지 않고 잡은 소라를 뒤집어 놓거나 식별할 지형지물로 표시하고 수면 위로 올라와 숨을 몰아쉰 후 다시 숨빔질로 단번에 터야 한다

요즘은 자연산 전복 찾기는 머정이 있어도 쉽지 않다 어쩌다 오묵은 전복을 틀 땐 호사다마로 입여께에 불안해 하며 용왕님께 빈다

소살

물고기를 쏘아 잡는 도구

길이 30cm 내외 굵기 5mm 정도의 강한 철사 촉

촉에는 쏜 고기가 빠지지 않도록 비늘이 두 가닥

작살대는 마디가 굵지 않은 1미터 내외의 매끈한 수리대

대나무는 물에 붇지 않는 습성으로 무게 조절이 쉬운 점을 착안

대나무에 촉을 동여맬 땐

손잡이 쪽보다 촉 쪽이 무게가 있어야 고무줄에 의한 탄력이
좋다

작살대 손잡이 끝에 탄력성이 좋은 고무줄을 묶고 활시위를 당
기듯 한 손으로 쏜다

해녀들의 어로 행위는 먹고살기 위한 지혜

봄은 해녀의 몸에서

1
해녀는 봄이 되면 성깔에서 안다
해녀는 봄이 되면 얼굴에서 안다
해녀는 봄이 되면 눈에서 안다
해녀는 봄이 되면 코에서 안다
해녀는 봄이 되면 입술에서 안다
해녀는 봄이 되면 손발에서 안다

2
해녀는 봄이 되면 단내가 난다
해녀는 봄이 되면 녹초가 된다
해녀는 봄이 되면 해초가 된다
해녀는 봄이 되면 파도가 된다
봄은 해녀의 몸에 기별로 온다
해마다 해마다 해녀가 봄이다

심쿵

아내는 물질로 한쪽 귀가 난청
다른 한쪽도 불안 불안 했었다
한쪽 귀마저도 잘 안 들린다기에
병원부터 가자 했더니
눈 번뜩이며
나
알아서 한다며

눈먼 것보다 낫다는
옥죄는 항변에

심쿵

근성

해녀 공동체 당번 날
물질하는 날이었다
며칠 전서부터 아내는 그날은 물질하지 않고
당번하겠다며 거듭 거듭이었다
전날 밥상머리에서도 다짐했었다

다음 날 아침 창문을 열더니
변심
내일 물질 못 할 수 있는 날씨일 수 있다며
오늘은 물질을 해야 한다며 들뜬 아내
당번을 대신 해야 한다는 암시
바다와 빼닮은

근성

성기 작업 도구

성기골각지
성기숟가락
성기칼
성기체
핀셋
......

뭐니 뭐니 해도
성기의 작업 도구는
해녀의
손발

해녀에게 바당은

나를 던지고 식솔을 살리는
생계의 텃밭

투쟁과 경쟁의 장이 아닌
생사의 장

숨을 참으면 얻고 숨을 쉬면 잃는
필생의 장

드넓은 바다는 임계점의
영역의 한계

바다는 나를 받아 주는
바다다

성게 가시

몇 날 며칠 계속된 작업
얼굴은 구릿빛
손발은 가시가 박힌 지 며칠
몸은 탈진
성깔은 건드리면
성게 독가시

그래도
고단한 하루 쏠쏠한 산술적 계산에
살갗에 박힌 성게 가시가
돈이다

역할

바다엔
파도가 자맥질하고

하늘엔
눈비가 자맥질하고

섬엔
해녀가 자맥질한다

바다는 해녀를 해녀는 바다를

파도는 해녀가
위험하다고 멈추지 않고

해녀는 파도가
위험하다고 멈추지 않는다

바다는 해녀를
해녀는 바다를 안다

못 말리는 해녀

아침이었다
썩 좋은 날씨는 아니다
물질을 가지 않았으면 했다
오후 날씨가 좋지 않다는 기상예보
집을 나서며
한마디
틀파리들도 가고 있잖으냐며
보면 모르냐는 눈치다

낮 즈음인데
갑작스레 몰아치는 비바람 높은 물결
바다는 잔물결로 노란 테왁만 보일락 말락
뭍으로 나지 않은 해녀는 서넛
나야 할 장소는 거친 파도
다른 장소로 이동하는데
그
긴장감은 차라리
내가 해녀였으면 했다
해녀들은

그 정도는 하는 평상심
못 말리는 해녀들이다

무레질

ᄋᆞ튼 바당 ᄀᆞ무레질 짚은 바당 헛무레질
할망ᄌᆞ녀 애기ᄌᆞ녀 똥군이라 ᄀᆞ물질
상군들은 잘해지난 짚은 바당 헛물질
고동 생복 물거리상거리 헛무레질
우미 메역 새 바당엔 ᄌᆞ문물질
험넹이 입고 쉬 싸민 만각물질
담방담방 눈질레기 홍텡이물질
원정물질은 육지물질
뱃물질은 난바르물질
ᄎᆞᆷ물질 허탕물질
ᄌᆞ녀들은 무레질로 살아간다

96

물질 ^[표준어]

얕은 바다 갯가 물질 깊은 바다 헛물질
할머니해녀 애기해녀 서툴다고 갯가물질
상군들은 잘하니까 깊은 바다 헛물질
소라 전복 티끌 모아 헛물질
우뭇가사리 미역 새 바다엔 해경물질
잡풀 끼고 미역 세어 끝물질
덤벙덤벙 수경 쓰고 물웅덩이물질
원정 물질은 육지물질
뱃물질은 먼바다물질
알찬 물질 허탕물질
해녀들은 물질로 살아간다

마중

메역 마중
우미 마중
고동 마중
성기 마중
……

마중 중
까탈스러운 마중은
해녀 마중

우도 상징

우도의 상징은

쇠도 아니고
물도 아이고
섬도 아닌
섬
굵기지 않으려고
살아온

망망대해에서 여신처럼
우뚝한
해녀 할망

상처

어느 날
아내의
반복되는 전화 통화에
보다 못해
상식적인데 하고
덜된 꼽사리에

순간
불에
기름을 부었다는 뜻
해녀가 아니었으면……
울컥한 소리

나는
자책에
쿵 했다

사랑과 부양

어머니가 물질 갈 땐
입맛 다셨다

지어미가 물질 가면
입이 탄다

나의 기도 2

지어미가 물질 갈 땐
뒷모습에 기도하고

집에 오면
앞모습에 아파한다

겉과 속

해녀의 속은
알쏭달쏭

해녀의 겉은
변화무쌍

해녀의
겉과 속은 바다

인연

첫해인 2021년엔
처음 보는 해녀 할망들
성한 곳이 없는 피골상접한 모습을 보고
울컥해 말을 잇지 못하고
슬펐습니다 그리고 화났습니다 했던
미로한의원 백광현 원장

이젠
보고 싶었습니다
그리고
불러만 주이소 한다

일면식도 없었던 낯선 해녀 할망들
스치는 침술 인연으로
한 주 동안 병원문 봉하고
천만리 먼 길 마다하지 않고
부산에서 생면부지 외딴 섬 우도에
무료 한방진료 봉사

눈에 송송 낯익은 해녀 할망들
이젠

진료실로 들어서며
척,
반갑수다 인사한다

거친 손발에 검게 그을린 얼굴
기우뚱기우뚱 내숭 떨던 해녀 할망
진료받고 나갈 땐

멩년에도

또

올 거지 양?

하고 간다

*2021~2024년 매 7월, 부산 미로한의원 5일간 한방진료 봉사

연상聯想

소라는 공기놀이
전복은 팔방 놀이
해초는 땅따먹기
문어는 숨바꼭질
해삼은 콩주머니 놀이
고기와 전쟁놀이
테왁 닻줄은 고무줄놀이
테왁은 무궁화꽃이 피었습니다

해녀들만의 바닷속 소꿉놀이

아이고

오전 물질이라며
굶고 갔었다

물질할 날씨
아니라 하니

아이고
재기 재기 강
밥 먹어사키여

물질 못 갈까 봐

해녀들은
몸이 아프면
아픈 몸 낫기 위해
약을 먹는 게 아니라

물질 못 할까
봐
약을 먹는다

테왁 망사리

지어미에겐 밥줄

자식에겐 돈줄

나에겐 명줄

인내

해녀처럼 살아라

못
할
일
없다

본능

사람들은 아침에
하늘을 보고

해녀들은 아침에
바다를 본다

공생

썰물에 만난 인연
밀물에 헤어지고

바다는 해녀를 사랑하고
해녀는 바다를 사랑하고

바다는 해녀가 없으면 울고
해녀는 바다가 없으면 울고

바다는 밀물을 기다리고
해녀는 썰물을 기다리고

해녀가 뛰어들면 다 받아주는 바다

무생물의 바다

입도 없고
눈도 없고
코도 없고
귀도 없다

몸뚱이 하나

소리 지르고
부딪치고
냄새 풍기고
감성 있고

바다는 뮤지컬 코미디

해녀처럼 2

가냘프다 하지 마라

용맹하고
억척스럽고
변화무쌍하고
뒤 물러서지 않고
죽음에 연연하지 않고
남에게 의지하지 않고
남을 원망하지 않고
능력에 수긍하고
주면 주는 대로
안 줘도 그만

지혜롭게 살아간다

흔적

태풍이 지나고 난 자리 1980여 년대만 해도 태풍이 불고 나면 갯가에 풍초와 풍광목이 떠밀려와 풍초인 감태는 말려서 돈벌이 듬북은 거름으로 풍광목인 나무는 땔감으로 먼저 보는 사람이 주워갔다 동네에선 그런 분쟁을 막기 위해 반을 편성해 반 구역을 정하고 구역을 감시 관리하는 소임이 있었다 소임은 떠밀려 온 해초를 반원을 동원 뭍으로 건져 올려 말려서 나눴다 화학 비료가 없었던 시절 듬북이 땅을 비옥하게 한 유일한 거름이었다 태풍이 주고 간 선물이었다 요즘은 태풍이 지나고 난 갯가는 해초와 쓰레기로 범벅이 되어 섬이 몸살을 앓고 있다 쓰레기 대부분은 썩지 않는 플라스틱 스티로폼 비닐 방부목 기름통 폐 어구 어망 각종 줄 로프 유리병 캔 깡통…… 그 종류도 헤아릴 수 없다 인간의 편의를 위해 만들어진 것들이다 그로 인한 바다 오염은 청정이란 바닷물 수식어를 곱씹게 한다 인간이 만들어 사용하고 나서 버린 쓰레기들 태풍은 인간에게 되돌려 주는 것이다 바다만 죽는 게 아니라 땅도 죽고 하늘도 죽고 인간도 살아남기 어렵다 자업자득의 흔적

해녀의 생존법

파도처럼

물결처럼

물살처럼

번개처럼

천둥처럼

지혜롭게

순간을 산다

성깔

천둥 번개 치고
소나기가
오락가락하는 여름날

아내와 텔레비전을 보고 있었다

비 그치고
내리쬐는 햇볕에

날씨가 영락없는
해녀 성깔이라 했더니

아내는
내심
매의 눈으로 곁눈질

해녀 탈의장 입성

2023년 8월 21일
우도에 '22세 최연소 해녀임혜인 탄생'이란 언론기사
60대 나이가 젊은 해녀인데
20대 초입 직업으로 해녀란 수식어가 낯설다

격세지감
1960년대 전후 우도 여자들은 어머니 뱃속에서
엄마와 같이 물질을 배웠다
10대 중반이면 가정 살림과 가족의 생계를 꾸렸다
경제적인 역할까지 육지 돈벌이 물질도 오갔다
그때는 여자면 다 해녀로 살았다
그때 22세 나이면 해녀로선 최고의 전성기로 무소불위
초등학교국민학교 졸업이 겨우였던 시절
배움보다 배고픔이 동아줄이었다
그 시절 해녀의 '한恨'은 못 배운 공부다
딸들에겐 대물림 않으려고 섬에서 밀어냈다
해녀의 맥이 끊기는 실마리이기도 하다
천하고 위험하다고 '산업재해보상보험'도 외면한다
소실되어가는 박물관이나 다름없는 해녀 위기에서야

제주해녀 국가 중요 어업 유산 1호 지정2015년
제주해녀 유네스코 인류무형문화유산 등재2016년
제주해녀 국가 무형문화 등재2017년
제주해녀 세계 중요 농어업유산 등재2023년
나무는 속앓이하고 숲만 보라는 듯
이젠 자원도 재원도 문명에 묻힌다
해녀란 낱말도 사전에서나 찾을 수 있을까
예술의 장르로라도 이어가기를……
목숨을 바다에 맡기는 해녀

불턱과 해녀 탈의장 세대를 곱씹는다

나는 되고 딸은 안 돼

7, 80대 해녀
물질을 그만할 나이라 했더니
펄쩍 한다

5, 60대 해녀
물질을 몇 살까지 할 것이냐 했더니
글쎄 하고 머뭇거린다

딸들이
물질을 하겠다면 대물림시키겠느냐 했더니
그것은 안 된다는 해녀 할망

저들은 다시 태어나도 해녀로 살겠다며
딸들에겐 물질시키지 않겠다는
아리송한 속 깊은 해녀 할망

바다와 해녀

바다는 해녀에겐

밥이며 똥

생生

로老

병病

사死

약이며 오줌

물속 인생

휘감도는
속 물살
그 속을 누가 알랴

한바다에
테왁에 몸 실어

식솔들
목숨 줄 옭매어 산다

불통

아내의 한쪽 귀는
난청

또 다른
한쪽 귀마저
위험 수위를 넘은 상태
병원에선
노화와 해녀질 때문이란 진단
아내는 통증이 없어선지
병처럼 여기지 않는 게 더 안쓰럽다
물질 때문이라 하면
내 몸 내가 알아서 한다며
나만 해녀냐며 나를 위로하고
병원은 무슨 병원이냐는
불통의 해녀인 지어미
죽을병이 아니라며
나를 옥죈다

숨쉬는 바다

썰물엔 날숨
밀물엔 들숨

기침도 하고
재채기도 하고
긴 한숨도 몰아쉬고
소리도 지르고
속앓이도 하고
숨 고르기도 하고
못 견디어 하기도 하는
바다

해녀와 공통분모

바람 따라 물결 따라

해녀는
바람 부는 대로
물 흐르는 대로
속 물살 감도는 대로
바다 날씨 따라
자연에 순응해야 산다

해녀는 자연인

봄엔 손으로

여름엔 눈으로

가을엔 발로

겨울엔 온몸으로

해녀가
봄여름가을겨울

욕심과 충동

뭍에는 강풍
바다엔 풍랑
연락선도 아침부터 끊겼다
아내는 창문 여닫기를 반복하며
앞바다와 먼바다를 쳐다보며
앞바다는 바람의지라면서 구시렁거렸다
여기저기 전화를 걸고
작업할 수 있지 않겠느냐며
다른 해녀들에게
초겨울 날씨 이만한 날씨에 작업 안 하면
정이월엔 추워서 더 못 한다며
몇몇 해녀에게 전화를 걸며 부추기곤
먼저 나서면서 나서지 않겠다는 전화
방에 있는 나를 의식한 전화
물질 가자
나서지 않겠다는 강한 어투
못 말리는 지어미다

해녀는 못 말려

1
일주일 힘든 여정
다음 날 여독으로
쉬어야 한다
했더니
왈
다다음날
물질 못 할
날씨라며 그날
쉬어도 된다는 아내

2
병원 진료에
약 처방 받고
며칠 약 복용과
음식도 주의 권고
다음날
물질 갈 준비를 하기에
쉬어야 한다 했더니

쳐다보지도 않고
아프지 않다는 대답
의사의 진료와 약 처방
또한
병원엔 왜 갔었는데?

돌아오는 대답은
그때는
행여나 하고
먹먹 눈만 껌벅인다

속내는
물질하기 좋은 물때
다음날부턴
며칠 풍랑주의보 기상예보였다

해녀의 샤머니즘 2

용왕

'바다의 신'

해녀들은 '용왕'을 의지하고 마음에 위안을 삼는다 갯가 어느한 곳에 돌담을 두르고 돈짓당海神堂을 만들어 돌담 실체에 두 손모아 안전을 비는 해녀들, 가정사 길흉도 신의 조화로 여긴다 의지할 곳은 바다의 신뿐임을 믿는 가녀린 해녀들, 거친 파도와 두려운 위험도 용왕이 지켜 줄 것이란 암묵, 그날의 작업 성과도 운수 좋은 날이 되기를 기원하며 많든 적든 신이 주는 것이라 여기고 고마워한다 죽고 사는 것도 신의 영역이라고 믿는 해녀들이다 정성을 다해 빌면 들어준다고 믿고 있다 일렛당으로 음력 매월 7자가 들어간 날이나 십이신 중 용날과 개날을 택하는 경우다 해녀들은 작업 도구도 날을 봐서 구입해서 머정 좋으라고 침도 퉤퉤 한다

영등

'바람의 신'

영등신은 여신으로 해산물 씨를 갖고 있다고 믿고 있다 제주의 음력 1, 2월은 춥고 바람이 매섭다 '동지섣달 춥다 마라 정이월 추위에 암쇠 뿔 오그라진다' 정이월 추위로 해녀들은 물질을 못 했

다 이때 영등 할망은 해초 씨를 뿌린다고 여긴다 특히 음력 2월
은 '영등달'이라 영등 할망이 머무는 동안 해녀들은 정성으로 풍
어와 무사태평을 기원하는 영등굿으로 치성한다 음력 2월 초하
루 전후 영등 할망이 들어올 때 날씨가 화창하면 옷 벗은 영등 할
망이 딸을 데리고 들어온다 하고, 날씨가 궂어 비바람이 불면 우
장 쓴 영등 할망이 며느리를 데리고 들어온다며 그해 바다 길흉
을 가늠하는 영등달의 설화다 바람의 여신인 영등 할망은 음력 2
월 초하룻날 한림으로 들어와 섬을 돌아 음력 2월 보름날 우도에
서 떠난다는 섬의 샤머니즘

　2024년 영등달엔 영등 할망이 며느리를 데리고 들어온 것인지
2월 보름 떠나는 날까지 궂은 날씨로 비가 내렸다

굿
'인간과 신' 사이 심방의 구술 영역
　산 자와 죽은 자의 의례 행위로 그중 '줌수굿'은 심방을 교두보
로 해녀들의 무사태평과 풍요를 기원하고 공동체의 결속과 서로
간의 화합을 기원하는 굿이다 그동안 좋지 않았던 감정들을 서
로 풀기도 한다 그렇지 않으면 바다가 흉년 진다는 신화다 또한
'무혼굿'은 물굿으로 물질하다 죽은 해녀의 넋을 달래고 말 한마

디 못 하고 죽은 한을 풀어 주는 굿으로 장례를 치르고 갯가에서 죽은 혼을 불러 굿을 한다 그렇지 않으면 또 다른 궂은일이 닥친다는 걱정 때문에 이때 갯가가 부정 탔다는 설로 개 비린 것을 씻어주는 굿으로 죽은 자를 위로하며 망자에게 무탈하게 해달라는 굿으로 굿이 끝날 때까지 물질작업을 중단한다 심방이 신을 대신해서 앞날의 일을 가늠하기도 한다 무속신앙에 기대 살아온 해녀들이다

물질하면 낫는다는 병

며칠 전서부터
아내는 배가 순간순간 아프다기에
집 상비약을 먹고 뜸했다
물질 쉬는 기간이어서
병원 진료받아야 한다 했더니
대뜸
내일부터 물질 시작한다며
물질할 땐 괜찮다는
지어미
알다가도 모를
병

꾼

꾼 중에
물질꾼을 능가하는 직업이 뭘까

꾼 중에
불평불만 않는 꾼이 뭘까

꾼 중에
해녀처럼 험한 꾼이 뭘까

꾼 중에
숨 참아야 돈 버는 꾼이 뭘까

꾼 중에
배곯아야 일이 편한 꾼이 뭘까

꾼 중에
망하지 않는 꾼이 해녀 말고 또 있을까

쿵쾅

신문을 보다
가슴 철렁일 때가 있다
기쁜 소식도
슬픈 소식도
반가운 소식도
아닌
해녀 사고 기사에
아내의 얼굴을 겹치면서
쿵쾅
가슴을 쓸어내린다

해녀와 의사

해녀들은 병원 진료 가면
어디 어디가 아프다며 진료하고 약 처방한다
의사는 멍하니 쳐다본다

스스로 검진하고 진료하고 처방까지
의사에겐 처방전만 부탁하는 격
그럴 거면 뭐하러 병원 왔느냐는 눈치

해녀들은 내 병은 내가 안다는 격
의사의 새로운 검진에 불안해 하는 해녀들
물질해선 안 된다 할까 봐 아파도 안 아픈
척

눈높이

여자의 눈높이는
알 수 있는데

해녀의 눈높이는
깊은 바닷속

앓이

바다는
속앓이해야 살고

해녀는
몸 앓이로 산다

쿨한 속내

책 네다섯 권째 발간 때였다
아내에게 책 발간했다 했더니
또~오~

책 십여 권째 발간 때였다
집 돈은 안 썼다 했더니
기다렸다는 듯
그 돈 책 발간하지 않았다면
집에 보탬이 될 게 아니냐는
답

열 권 넘는 책 발간 때에는
출간비에 보태라며
후하게
쿨한 아내

해녀였던 노온의 102번째 봄

해녀 물질로 십여 남매 키우시고
아는 것은
"이어도사나 이어도사나……"
해녀 인생사만 남아 있는 듯

60대 중반의 딸이 상수上壽인 치매 어머니를 모신다

가쁜 호흡을 가다듬게 하고
바람결에 흔들리는 촛불 꺼지지 않게 하듯
곱디고운 꽃은 다 떨어지고 시들한 꽃나무에 물을 주듯
조락의 나뭇잎 하나 언제 바람결에 툭 할지 모르는
엄마의 신산한 인생사 뒤안길을 보며 자신의 여정을 겹치는 듯
상수가 된 어린아이를 달래듯 울고 웃는 모습에
나를 울컥하게 했다

내 엄마는
95세에 요양병원에서 팬데믹을 넘기지 못했다
임종을 지키는 이도 없었다
요양원 생활 5년, 요양원에 입소할 때

눈시울 붉히셨던 모습에 나도 덩달았었다
자식을 몰라보고 자신을 모르는 알츠하이머
촛불이 희미해져 가듯 할 때 편히…… 기도했었는데
그게
지금도 효와 불효의 갈등에서 자책으로 남는다

(2024년 3월 4일부터 8일까지 텔레비전을 보고)

허탕질

아내는 육십 평생 물질했지만
이같은 물질은 처음이라며 투덜거렸다
두 시간여 간 해삼 잡는 물질을 했는데
빈 테왁망사리로 나오기는 처음이라며
해삼과 숨박질만 하고 왔다며
투덜투덜

(2024. 3. 10.(음력 2월 1일) 양식장 해삼 물질)

한

생계에 발목 잡힌 인생

해녀 인생 바다 인생

바닷물 막장 인생

배우지 못한 한

바다 위에 자서전을 쓴다

해녀 인터뷰

상군해녀들에게 물었다
소망이 있다면?
답은 배우지 못한 한이었다

중군해녀들에게 물었다
희망이라면?
더도 말고 덜도 말고였다

하군해녀들에게 물었다
꿈이 뭐냐고?
상군 되는 게 꿈이었다

똘파리해녀에게 물었다
해녀질이 좋으냐고?
답답한 마음 풀 수 있어 좋다였다

바다에 배운다

바다는
휘청거리지 않을 때가 없다

바다는
구시렁거리지 않을 때가 없다

바다는
싸우지 않을 때가 없다

바다는
속 쓰려하지 않을 때가 없다

그렇지만
바다는
때를 알고 정도를 안다

소라 트는 날

소라 트는 날
아내에게 욕심내지 말라 했더니

게매
욕심을 안 내려니 그렇고
내려니 또한 그렇고

소라가 눈에 보일 땐
욕심
안 낼 수 있느냐 했던 지어미

이젠
앞에 있는 고동도 잘 보이지 않는다며
조금만 젊었어도 하기에
그게 욕심이라 했더니
구시렁구시렁
해봤느냐 눈을 흘긴다

직업병

물질을 천직으로 살아온 세월

몇 개월 물질을 못 했더니

외롭고 슬퍼했다

해녀는
그게 병인 줄을 몰랐다

물질 다녀와서야 해맑은
소녀……

제2부 ———————————————————

눈물도 바다에 씻는다

불턱담

깊이 박힌
이끼 낀
왕돌 등엔
큰 돌 얹고

물 먹은
큰 돌 배엔
격랑 돌 얹고

바람 든
중 돌 어깨엔
잔돌 겹겹이 쌓아

허공을 지붕 삼아
돌담 화덕 모닥불에 옹기종기
언 몸 살꽃 피우며
불턱 돌담처럼 살아가는

해녀

(2016년)

해녀 사고

운으로
살아가는 해녀
작업하다
죽을 운이면
죽을 것이고
살 팔자면
살 것이다
물질은
죽음과 공생하는 것
해녀란 이름은
명을 거는 것
사고라 하면 될 걸
해녀사고라 한다
목숨줄이기에
바다로 간다

(2016년)

해녀의 낮잠

해녀들은
물일과 뭍의 일로
하루쯤

바다엔
풍랑
뭍엔
비가 추적추적

몸빼 입고 자는
낮잠이
꿀잠

(2016년)

성게 원고 1

아내가 잡아 온 성게
까면서 세어 봤다
네댓 시간 물질
많이 잡은 날은
띄어쓰기하지 않은
이백 자 원고지 네댓 장
적게 잡은 날은
두세 장이었다
물속 초고 작업
온몸으로 쓴다
오줌도 살래살래
골백번 자맥질
가시 앙상한 성게
능숙한 필사
잡고, 까고, 손질
작가의 초고처럼
퇴고 교정 탈고
OK다

(2016년)

여

여,
라고 부르면
튄여

여, 여,
라고 부르면
난여

여, 여, 여,
라고 부르면
숨은여

(2017년)

우도 톳 채취* 1

음력 2월 그믐물찌서부터 3월 그믐물찌까지
물때 맞춰 톳 채취

어렸을 적 톳 채취는
온 동네 사람들이 전부 나가야 했다
동네 사람이면 가구당 두 사람씩
여자들은 톳을 캐고
남자들은 뭍에까지 바지게로 져 날랐다

아이들은 캐고 난 자리에서 이삭을 줍고
한 톨의 톳도 남김이 없었다
구황식물이나 다름이 없는 갯가 톳
놓쳐서는 안 될 생계의 기반

요즘은 이삭을 줍는 풍경도 없다
캐낸 톳 운반이 어려워 용역으로 할 판
그때 이삭을 줍던 아이들이 대를 이어야 하는데
삶을 찾아 뭍으로 떠났다

갯바위 돌밭이 인간에게 주는 선물인데도
캐내고 운반할 젊은 청년들이 없다

고희를 내다보는 내가 젊은 나이
물을 흠뻑 먹은 톳 마대를 어깨에 메고
미끌미끌 울퉁불퉁한 머들 거벵이를
오르내리기가 불안 불안한 나이
그 옛날 바지게 풍경이 새록 새록다

＊공동작업 공동분배

물에 들레 가게

물에 가게 물에 가게
물춤 됨쩌 물에 들레 가게
밭일이랑 갔당 왕 허고
물때 놓치면 물질 못 헌다
테왁망사리 짊어지라
검ㄴ렴쩌 검ㄴ렴쩌
재기재기 출리라게
고동여 물때 놓치켜
쏠물남쩌 혼저혼저 걸라
조금살이 물질 못 허민
웨살엔 생복여에 못 간다게
쏠물에 진코지로 빠져사
들물에 안깡으로 나기 좋나
숨비당 보민 물거리상거리
구쟁기도 잡고 문게도 심어진다
스망일민 생복도 봐 진다게

물질 가자 [표준어]

물질 가자 물질 가자
물때 된다 물질 가자
밭일은 갔다 와서 하고
물때 놓치면 작업 못 한다
뒤웅박망사리 짊어져라
물써기 시작한다 물써기 시작한다
빨리빨리 준비해라
고둥여 물때 놓치겠다
썰물 난다 빨리빨리 가자
조금물때 작업 못 하면
무수기 심하면 전복 여에 못 간다
썰물에 바다 쪽 돌출된 곳으로 입수해야
밀물에 안쪽으로 나기가 좋다
자맥질하다 보면 티끌 모아 태산
소라도 잡고 문어도 잡힌다
재수가 좋으면 전복도 보인다

(2017년)

159

묵언의 바다

섬 감싼
바다는
어머니 품 같고

섬 후려치는
파도는
아버지 표상 같고

속 물살 감돌 땐
속앓이하는
아내의 속맘 같다

밀물과 썰물이
드나들 땐
가족 소통하는 것 같네

(2017년)

해녀의 샤머니즘 1

해녀들은 액이 닥치면
신이 노한 동티라 한다

해녀의 신앙은
하늘도
땅도
예수도
부처도
공자도
……
아닌

바다의 신

용왕에게
굿으로 심방이 빈다

(2017년)

숨빔질

한 번 숨벼 하늘 보고
두 번 숨벼 바다 보고
세 번 숨벼 목숨 걸고
열 번 숨벼 세상 본다

한 번 물속 자식 생각
두 번 물속 지아비 생각
세 번 물속 신세 한탄
열 번 물속 팔자타령

한 번 참아 들숨이고
두 번 참아 날숨이고
세 번 참아 숨비소리
열 번 참아 해녀 된다

(2017년)

숨비소리 1

들
숨에 바다 보고
날
숨에 속여 보고
컥,
소리 하늘 본다

들
숨에 별을 보고
날
숨에 달을 보고
어~엉~휘이잇
숨비소리 절로 난다

(2017년)

조문날 1

해녀들은 조문날을
손꼽아 마음 설렌다
잠자리도 뒤척인다

몸보신도 하고
영양제 링거도 맞는다

작업 도구도
꼼꼼히 챙긴다

테왁망사리도
이걸 가져갈까
저걸 가져갈까
만지작거린다

액은 물러가고
재수 좋으라고
작업 도구마다
침도 퉤퉤한다

그런데
그런데
아침은 굶고 간다

(2017년)

고단한 소리

불볕더위 해녀들
이글거리는 돌 위에서
떠밀려온 감태 건조 작업

자동차를 타고 지나던 관광객
그게 뭐예요 물으니

땀범벅이 된 해녀
왈,
동그란 눈으로 쳐다보며
감태를 모르니
고생 안 헨 살암구나예

고단한 소리

(2017년)

166

해녀의 시선

아침엔 바다를 보고

낮엔 구름을 보고

저녁엔 바람을 보고

밤엔 파도 소리 듣는다

(2017년)

해녀의 나침반 1

여

튼여
난여
곰여
막여
말여
셋여
진여
ᄀᆞ는여
생복여
고동여
곱은여
숨은여
목갈라진여
남은여
……

해녀들만의 바닷속 나침반   (2017년)

해녀의 나침반 2

코지

바람코지
진코지
졸락코지
동치코지
드렁코지
득생이코지
세비코지
광대코지
......

해녀들의 이정표

(2017년)

해녀의 나침반 3

안깡灣

장통알
늙은이물알
볼래낭알
듬북눌알
물코알
우병에알
……

해녀들의 안전한 지형

(2017년)

해녀의 미소 1

바닷속 작업은
늘 긴장 속 노심초사

평소 농담을
진담으로 듣는 아내

해녀인 아내가 웃는 얼굴은
흔치 않다

변화무쌍한 일터인
바다만
바라보고 산다

해녀의 미소는
재수 좋고 운 좋고 물건 많이 잡은 날
소 이빨 드러내듯……

(2017년)

해녀에게 물어라

물질은

책으로 배울 수
있는 게 아니다

지식과 상식이 탁월해서
되는 것도 아니다

박학다식하다 해서
되는 것도 아니다

수영을 잘한다 해서
되는 것도 아니다

기교와 재능이 탁월해서
되는 것도 아니다

순금이 여러 차례 제련을 거치듯
수많은 고난을 겪어야 성공하듯

해녀만의 곰삭은 지혜
해녀에게 물어라

(2017년)

해녀의 몸에선

해녀의 머리에선 소금물이

해녀의 눈에선 눈물이

해녀의 귀에선 고름물이

해녀의 코에선 콧물이

해녀의 입에선 신물이

해녀의 손에선 얼음물이

해녀의 발에선 오줌물이

해녀의 망사리에선 해산물이

뚝~뚝~뚝~~

(2017년)

제주해녀와 유네스코

  2016년 12월 1일 0시 20분 긴 여정 끝에 제주해녀의 문화적 가치를 유네스코에 깃발 꽂았다 유다른 선사의 원시적 어로작업 맨몸에 숨을 멈추고 차디찬 바닷속 물질 해양문화의 개척자며 선구자임에도 면식이 없는 사람들은 외계인 시선으로 본다 죽음을 무릅쓰고 대대손손 끈을 이었다 흔하디흔할 땐 수수방관했던 불턱 문화 관습과 기술의 전승 보존 가치는 나라의 의궤만 중요한 것은 아니다 숨비소리와 함께 사라질 위기의 동아줄이다 배우지 못한 서러움 시대를 원망하다 하마터면 이마저도 해녀들은 모를 뻔했다 제주 삼다가 오롯했던 불턱 이젠 돌담은 허물어져 간곳없고 바람만 계절 따라 오간다 해녀들은 현대식 탈의장으로 이사 갔다 산전수전 다 겪은 조락의 해녀들 남은 것은 골병뿐 유네스코 국제연합 전문기구 인류 무형 문화유산 자연유산 세계유산 생소한 낱말에 떡고물이라도 있을까 어리둥절하는 노파 해녀들은 인류가 보존 보호해야 할 문화로 인정받고도 두둥실 춤사위로만 끝나지 않았으면 좋으련만

(2017년)

생트집

아침 궂은 날씨기에
물질 못 할 날씨라 했더니
아내
왈
날씨 보면 모르냐며
물질 안 간다는 소리로 들린다며
생트집에 멍했다

(2017년)

내 지어미

갯가를 떠나 보지 못한 내 지어미
스물일곱에 지어미 되어 칠십 넘은 나이
뒤웅박 짊어지고 고생길이 될 줄 누가 알았으랴
배움보다 더 간절한 건 배고픔이었던 시절
애옥살이가 아니었더라면 내 지어미는 되지 않았을 걸
지어미가 되어서도 뒤웅박 동아줄이
밥줄이고 생명줄이 될 줄이야
두 다리 뻗고 편히 한번 쉬어보지 못한 내 지어미
뭍에선 몸뻬 바다에선 스펀지 고무옷 번갈아 입는 내 지어미
꿈과 희망의 나래를 한번 펼쳐 보지 못한 내 지어미
자식 키우고 가정사 일구니 지어미 삶은 없는 인생사
뼛골이 빠지고 문드러진 몸에는 옹이만이 쌓이고 쌓인다
검게 그을리고 주름진 얼굴엔 세월이 나이테인 양
살갗은 사람의 피부라는 낱말은 고급스러운 말이 된
배우지 못한 한으로 날밤 지새우는 내 지어미
팔자소관 한탄하는 내 지어미
온갖 풍상 다 겪고 나니 골병뿐인 내 지어미

(2017년)

죽어서도 물질하는 해녀

77세 해녀 할망
북망산천 가기 싫어

마라도에서 물질하다
물숨 먹고
열사흘 밤낮 바닷속에서
테왁망사리 부여잡지 못해
물길 따라 우도까지

혼백은 간곳없고
검은 고무 잠수복 수의에
납덩이 등에 지고
머리엔 고무 물모자
손엔 노란 장갑
허리엔 빗창 차고 전복 찾아 구만리

섬 끝 섬,
90여 킬로미터의 물길
바닷속 떠도는
고혼이 되어도
해녀는
바다를 떠나지 못했다

(2016년 5월 14일 일간지를 읽고),

(2017년)

속여

알 듯 모를 듯

물이 써면 보이고
물이 밀면 보이지 않는

해녀의 속

물결인지 파도인지
썰물인지 밀물인지

맑은 날인지
흐린 날인지

여자일 땐 보이고
해녀일 땐 보이지 않는

속여 닮은
해녀

(2017년)

퐁당퐁당

퐁당퐁당 물놀이 재미있구나
학교 갔다 돌아오면 갯가 홍텡이
누가 누가 잘하나 헤엄 배워서
들숨 날숨 숨 참아 물숨 배우고

풍덩풍덩 숨비소리 해녀 될래요
그래그래 잘한다 해녀 됐구나
뒤웅박 짊어져라 돈벌이 가자
망망대해 해녀 인생 살라 하네

(2018년)

단계를 거쳐야

1
패데기 밭디서 배운 물숨
하군으로
거듭나곡

물때 물살 알암시난
중군으로
반열에 서곡

깊고 짚은 바당속 아난
상군으로
경지에 이른다

허단보난 고수 물질
해녀 팔자 상팔자여

2

애기바당 읍은디 물질
하군이라
빌레밭 춧곡

물이 창창 가는디 물질
중군이라
머들왓 춧곡

망망대해 짚은디 물질
상군이라
여도 알곡 비렁도 춧곡

물숨으로 사는 인생
그 길도 험하구나

(2018년)

시선

해녀를 보는 시선

객군에겐
외계인

작가에겐
명제

가족에겐
애환

나에겐
연민

(2018년)

해녀 할망 넉살

설한에
90 초입 해녀 할망
물질 마쳐 뭍에 오니

80대 해녀 할망
나도 저 나이까지
물질할 수 있었으면 하네

(2018년)

해녀 노동요

돈아 돈아 말 몰른 돈아
돈아 돈아 눈먼 돈아
돈아 돈아 귀막은 돈아
돈이 아니민 요 숨 춤으멍
요 물질을 무사 허느니
돈아 돈아 손 어신 돈아
돈아 돈아 발 어신 돈아
돈아 돈아 어디 이시니
줌녀 눈물 바당물에 식곡
줌녀 서러움 손등으로 딲곡
줌녀 시름 불턱에서 달래곡
돈 있으면 좋은 글 배왕
요 고생은 안 헐 건디
우리 어멍 날 날 적에
줌녀 되랜 나 나신가
줌녀 팔자 뒤웅박 팔자
저승질이 먼디 엇저
독헌 물살에 빠질 땐
몸이 와싹 눈이 펄롱

천당인지 지옥인지

좀녀 목숨 푸리 목숨

돈이 아니민

요 물질 무사 허느니

돈아 돈아 대답해 보라

돈아 돈아 괄세 말라

흔질 두질 깊은 바당속

흐루 해원 물질해도 서푼 벌이

돈아 돈아 무정한 돈아

돈 잇이민 금수강산

돈 엇이민 적막강산

돈아 돈아 말 몰른 돈아

물이 깊어 못 왐시냐

질이 멀언 못 왐시냐

돈아 돈아 눈먼 돈아

해녀 노동요 ^[표준어]

돈아 돈아 말 모르는 돈아
돈아 돈아 눈먼 돈아
돈아 돈아 귀먹은 돈아
돈이 아니면 이 숨 참으며
이 물질을 왜 하느냐
돈아 돈아 손 없는 돈아
돈아 돈아 발 없는 돈아
돈아 돈아 어디 있느냐
해녀 눈물 바닷물에 씻고
해녀 서러움 손등으로 닦고
해녀 시름 불턱에서 달래고
돈 있으면 좋은 글 배워서
이 고생은 안 할 건데
우리 엄마 날 낳을 적에
해녀 되라 날 낳았는가
해녀 팔자 뒤웅박 팔자
저승길이 먼 데 없다
차디찬 물살에 입수할 때
몸이 오싹 눈이 번쩍

천당인지 지옥인지

해녀 목숨 파리 목숨

돈이 아니면

요 물질을 왜 하느냐

돈아 돈아 대답해 봐라

돈아 돈아 괄시 마라

한 길 두 길 깊은 바닷속

하루 해껏 물질해도 서푼 벌이

돈아 돈아 무정한 돈아

돈 있으면 아름다운 세상

돈 없으면 쓸쓸한 세상

돈아 돈아 말 모르는 돈아

물이 깊어 못 오느냐

길이 멀어 못 오느냐

돈나 돈아 눈먼 돈아

(2018년)

잠

해녀의 낮잠

빗소리 파도 소리
자장가에

몸뻬 입은
아내의 낮잠

은은히 들리는
그르렁거리는 소리

다디단 꿀잠인 듯
무아경에 고단한
잠

(2018년)

물질 1

1

홍텡이서 배운 물질
굿밧디서 배운 물질
지픈디서 배운 물질
숨춤으멍 배운 물질

집안살림 살린 물질

2

가난허난 배운 물질
살지못헨 배운 물질
배고프난 배운 물질
살젠허연 배운 물질

우리가족 살린 물질

(2019년)

191

해녀의 봄잠

물질 다녀온 아내
세상모르고 잔다

검게 그을린 얼굴
깊이 파인 수경테
부르튼 입술
귀에선 진물이

숨은
코로 쉬는지 입으로 쉬는지
물속에서 참았던 숨 토해 내듯
코와 입에서
드르릉 컥
드르르르릉 컥컥

저승길
무아지경

(2019년)

해녀의 낙관

농익은 해녀일수록
얼굴엔
수경테 흔적이 깊다

(2019년)

해녀는 울지 않는다

해녀로 살 줄 누가 알았으랴

한 치 앞을 모르는 짙푸른 바닷속
목숨 걸고 뛰어들 땐
아픔도 서러움도 눈물도
바닷물에 씻는다

살 팔자면 살 것이고
죽을 운명이면 죽을 것이니
목숨에 연연하지 않는
해녀

가난해서 울고 싶었다
배고파서 울고 싶었다
시린 손발 울고 싶었다
해녀여서 울고 싶었다

수경 속에 고인 눈물
바닷물에 쏟을 눈물

발등에 떨군 눈물
바닷물에 씻길 눈물

해녀 팔자 뒤웅박 팔자
배부르면 울어도
배고프면 울지 않는
물속 인생

해녀

(2019년)

긴장

설한에
물질 간 아내 마중
늦게 날 땐

손발은 시린데
이마엔
땀이 송골송골

(2019년)

기다립니다

물질 간 지어미를 기다리는 것은

얼굴 보고 싶어 기다리는 것 아닙니다
사랑해서 기다리는 것도 아닙니다
연민 때문에 기다리는 것도 아닙니다
밥 같이 먹고 싶어 기다리는 것도 아닙니다
해산물을 많이 잡아 올 거라서도 아닙니다
돈 많이 벌어 올 거라서도 아닙니다
고단한 몸 때문에 기다리는 것도 아닙니다

숨 쉬는 아내가 보고 싶어 기다립니다

(2019년)

불안합니다

물질 간 아내가 불안한 것은

변덕스러운 날씨에 불안합니다
거친 파도에 불안합니다
잔잔한 물결에도 불안합니다
망망대해 작업에 불안합니다
물질 욕심에 불안합니다
해녀여서 불안합니다

턱밑 숨비소리 가물가물 불안합니다

(2019년)

고맙습니다

물질하는 아내가 고마운 것은

나에게 잘해 줘서도 아닙니다
나에게 편하게 해 줘서도 아닙니다
맛있는 요리 때문도 아닙니다
살림 잘 살아 줘서도 아닙니다
자식 잘 키워 줘서도 아닙니다
온갖 시름 참아 줘서도 아닙니다

숨 쉬는 아내가 곁에 있어 고맙습니다

(2019년)

미안합니다

물질하는 아내에게 미안한 것은

명품 가방 못 사 줘서도 아닙니다
호의호식 못 시켜 줘서도 아닙니다
고달프게 살게 해서도 아닙니다
돈이 없어서도 아닙니다
투박한 말투 때문도 아닙니다
살갑지 못해서도 아닙니다
마음을 몰라줘서도 아닙니다
비위를 못 맞춰서도 아닙니다

해녀로 살게 해서 미안합니다

(2019년)

사랑합니다

물질하는 지어미를 사랑하는 것은

얼굴이 예뻐서도 아닙니다
마음이 고와서도 아닙니다
같이 살아 줘서도 아닙니다
금실이 좋아서도 아닙니다
모진 고생 위로하기 위해서도 아닙니다
사랑에 겨워서도 아닙니다

밥상머리 마주 볼 수 있어 사랑합니다

(2019년)

조화造化

1
해녀는 가사를
바다는 작곡을
파도는 노래를

2
해녀는 삶을
바다는 풍요를
파도는 춤을

(2019년)

숨

숨 중에
필사적인 숨
들숨 날숨

물숨

(2019년)

생존

몸은 바닷물에 흔들리고
마음은 풍랑에 흔들리고
눈은 욕심에 흔들리고
손발은 추위에 흔들리고
정신은 용왕에 흔들리고
영혼은 물숨에 흔들리고
물숨은 해산물에 흔들리고

해녀는 바다에 기대어 산다

(2019년)

심성

바다가 웃으면 웃고
바다가 울면 울고
바다가 슬퍼하면 서러워하고
바다가 고요하면 안락하고
바다가 소리치면 아파하고
바다가 베풀면 너그럽고

바다를 빼닮은 심성
해녀

(2019년)

헛물질

고단한 물질 헛무레질

골백번 담금질
하늘 위로 궁둥이 매쪽
물 위로 대맹이 삐쭉

물숨에 죽고 산다
날숨이면 소라 잡고
들숨이면 목숨 걸고

물건 많이 잡는 날
자식 생각 지아비 생각
콧노래도 흥얼흥얼

물건 적게 잡는 날
천근만근 서푼벌이
팔자타령 신세한탄

빈손이라 헛물질
천국인지 지옥인지
돈이 뭔지 삶이 뭔지

독한 물살 슬픈 인생
해녀 팔자 상팔자라
헛물질로 살아간다

(2019년)

해녀 군단

상군*
참는 물숨이 길고 기량이 뛰어난 해녀

중군*
참는 물숨이 중간에 기량도 중간인 해녀

하군*
참는 물숨이 짧고 기량도 낮은 해녀

*상군: 참는 물숨이 60초 내외
*중군: 참는 물숨이 40초 내외
*하군: 참는 물숨이 30초 내외

똥군은

하고 은근슬쩍 빗대 해녀인 아내에게 물었더니

벌끈

물에서 덤벙거리는 사람이라며

톤을 높이며

아직은 해녀 군단이 아니란다

(2019년)

해녀의 본능

2018년 음력 9월 24일
조금 물때 흔물날
아내는 발을 접질렸다
발등은 부어오르고 멍이 든 상태
다음날 물질 못 할까 울상
병원 갈 생각은 안 하고
바다를 쳐다보며 아픈 발등을 꾹꾹 누르며
오리발 신고 물질하는 데는
지장이 없겠다며
그날 운수에 구시렁거렸다

이튿날 병원 진단은
발등뼈 골절
전치 6개월 깁스
깁스한 발을 쓰다듬으며
물질 못 할 걱정에 멍한 표정

몇 날 며칠 잔잔한 바다에
해녀들 테왁을 쳐다볼 때마다
문을 툭 밀치며
아이 속상해
투덜투덜

해녀의 본능

(2019년)

염치

아내는 설한에 물질 가고

나는
마중 갈 시간 기다리며
안방 책상에 앉아 책을 보며
라디오 클래식 삼매경에 있었다

아내는
일찍 작업 마쳐 집에 와
고단한 모습으로
방문을 슬그머니 열어 보고는

문을
툭 닫으며
신선놀음이군 하는 것 같았다

긴장되고 당황스러운
염치

(2020년)

해녀의 사계

1
배고플 땐 봄

고달플 땐 여름

살만할 땐 가을

안락할 땐 겨울

(2019년)

2

눈이 부르틀 땐 봄

입술이 부르틀 땐 여름

마음이 부르틀 땐 가을

손발이 부르틀 땐 겨울

(2020년)

해녀의 점심

물질 땐
점심을 굶는 아내

궂은 날씨에
점심 밥상머리

며칠 만에 점심인가
여운이 깊다

(2020년)

216

파도 소리에 든 잠

해녀가 깊은 잠에서 깨는 것은

밤잠 설쳐서도 아니다
잠을 충분히 자서도 아니다
몸이 아파서도 아니다
배가 고파서도 아니다
가족 걱정돼서도 아니다

파도 소리에 든 잠
파도 소리가 들리지 않아

잠,
깬다

(2020년)

해녀의 그 길

그 길은
춥고 험한 길인 줄 알면서도
먹고사는 길이기에 가는 길

그 길은
저승길인 줄 알면서도
이승을 살기 위해 가는 길

그 길은
물숨으로 사는 길이기에
굶지 않을 길이기에 가는 길

그 길은
사시장철 가는 길이기에
망망대해 돈 따라 가는 길

그 길은
덧없는 해녀 인생
더,
갈 곳 없어 가는 길

(2020년)

숨비소리 2

"어어~엉~휘이~잇"

바닷속 참았던 숨 턱밑 끝자락
바닥을 치고 올라
텅한 폐부에 숨 들이마시며
뱉어내는 혼의 소리

삶이
고달픈 소리

지아비를
원망하는 소리

(2020년)

해녀의 배짱

해녀의 물질 작업
물때 따라
물살 따라
기량 따라
썰물 밀물 가늠하고
빨리 나는 해녀
늦게 나는 해녀

유다르게 늦게 나는 해녀
혼자 그러다 위험하다 했더니
왈,
위험 생각하면 물질 못 한다며
죽을 팔자면 죽을 것이고
살 팔자면 살 것을
하늘의 운명으로 받아들인다는
배짱

(2020년)

바다 심성 해녀 심성

건드리지 않으면 호수 같은 바다
바람에 출렁이고
물살에 울렁이고
건드리면 일어서고
격해지면 구부리고
부딪치면 덮치는 파도
제풀에 꺾인다
뒤돌아보지도 않는다
앞서지도 않는다
포기하지도 않는다
원망하지도 않는다
자연에 순응한다

바다 심성
해녀 심성

(2020년)

희생번트

식솔 위해
바쳐진
이
한
몸

해녀

(2020년)

해녀의 정점

험난한
시대적 상황일 때
태어난 몸

이제
박물관이
정점일 것 같다

해녀

(2020년)

소통

해녀들은 물질 중

금시기 떼를 만나면
배 알로 배 알로……

거북이를 맞닥뜨리면
두 손 모아 ㅅ망일게 해줍서
빈다

(2020년)

좋은 일에 뒤끝은 있나?

몇 년 만에
터 온 머드레 생복

당시 오천 원 소라 가격으로 치면
오륙십여 킬로그램어치
아내는 팔지 않았다

소라 하나에도
저승을 유영하는데
차마
먹을 수가 없었다

팔지 않은 데는 뜻이 있는 줄 몰랐다
그 속내를 헤아리지 못하고
팔았다 했더니
"다시는……" 하는 강짜에 멍했다

며칠 후
우연치 않게 아내가 발을 접질렸다

아차 싶었다
'좋은 일에 뒤끝은 있나'라는 말의 의미를 곱씹었다
해녀들만의 전통적 '입여께'였다

(2020년)

반항

힘의 한계를 초월한 지어미
영양제 링거를 맞으려 하기에

건강한 몸엔 해롭다 했더니

매의 눈으로
물질해 봤느냐는 말엔

먹먹했다

(2020년)

저러다

ス문 전날

아내는 감기 기운이 있었다
감기약을 연거푸 먹고
잠자리에 들면서
잠이 들거든
확인 여부 부탁

노심초사
한밤중
살며시 방문을 열었더니

숨소리는 들리지 않고
숨비소리 잠꼬대에
무아지경

저러다……

(2022년)

성게 원고 2

기성 작가로 치면
오십오 년 해녀 경륜의 지어미

2019년 스무하루의 성게 원고
개수로는 이백 자 원고지 48장 남짓

하루 초고 작업 서너 시간
바닷속 저승 언저리 골백번 유영
캐낸 초고 성게는
하루 평균 원고지 두서너 장 남짓

둘이서 서너 시간 쪼그려 앉아
까고, 파내고, 고르고, 잡티 제거……
대여섯 번 넘는 손길

글 쓰는 작가들의
퇴고 교정 교열 첨삭과 대비

몽당성게글각지로 작업 탈고하고
원고료를 산술할 땐
해녀만의
희
　　로
　　　애
　　　　락

(2020년)

너런지

　우도 바다에선 최고의 황금어장이자 보고인 곳, 우도등대 북동쪽 1㎞ 거리의 바닷속 두 넓은 여, 큰 여는 큰너런지 작은 여는 작은너런지라 불리는 곳, 큰 여는 11만 3천여㎡, 작은 여는 5천여㎡, 크기를 비교하자면 7천여㎡ 축구경기장 16배가 넘는 광활한 바닷속 또 다른 섬인 지형. 큰 여는 안쪽에 작은 여는 바깥쪽에, 두 여 사이 거리는 40여m. 여를 벗어난 바깥쪽과 여와 여 사이는 수십m 깊이의 바닷속 협곡으로 해녀들이 흔히 말하는 창 터진 비렁이라는 곳, 이곳 바닷속 지형을 꿰뚫고 있는 해녀들도 물때의 시간 가늠을 잘못해서 이 구역에 들어간다든가 여를 벗어났다간 휘감도는 물살을 이기지 못하고 사투를 벌인다는 너런지, 물질 작업을 할 수 없을 정도의 물발일 땐 테왁망사리 닻돌 줄을 내리고 돌언지 물때를 기다려야 한다는 장소. 물때에 따라 늦어서도 빨라서도 물질을 할 수 없다는 장소. 여의 평수위도 큰너런지는 2.8m, 작은너런지는 4.8m. 넓고 경사가 심하지 않은 여이어서 썰물과 밀물 때의 물 흐름 기복이 심한 곳, 물이 한쪽으로 쏠릴 때는 강물이 범람해 넘치는 물처럼 물발이 세기로 정평이 난 곳. 더욱이 썰물 때 여를 부여잡지 못하고 너런지를 벗어났다간 망망대해로 흘러 구조가 불가피하다는 지형. 해녀들의 작업도 조금 물때 이삼 일이 아니면 물질이 어렵다는 장소. 너런지 물질은 물살과 공존해야 산다는 곳. 우도 해녀라면 위험을 무릅쓰고서라도 기량이 된다면 가 봤으면 하는 곳, 중·하군 해녀들에겐 환상의 너런지. 6, 70년대 우도 해녀라면 이곳의 소라, 전복 채취로 생계를 유지했던 공동어장. 어장 분쟁의 역사가 깃들었던 곳. 지금은 너런지와 접해 있는 마을 어장으로 그 마을 해녀가 아니면 금줄을 쳐놓다시피 한 장소. 상군 해녀들만의 영역, 우도 바당에선 최고 상품의 해산물이 있는 곳. 잠수기선이 성행할 때도 이곳이 주 어장이었던 너런지, 요즘 전복은 보기가 어렵고 늙은 고동만이 사수한다는 너런지. 태풍 때는 속여를 덮치는 삼각파도가 장관인 비경, 너런지는 말이 없고 세찬 물살만 밀고 당긴다

(2022년)

※ 현황

지명: 너런지(너른 땅이라는 뜻)

위치와 거리: 우도등대 북동쪽 960여m, 영일동 동쪽 360m, 비양도 남쪽 1.4㎞.

길이: 동서 560여m, 남북 460여m(큰너런지: 동서 470여m, 남북 380여m. 작은너런지: 동서 90여m, 남북 80여m)

면적: 118,409㎡(큰너런지 112,975㎡, 작은너런지 5,434㎡)

수심: 평수위(큰너런지: 2.8m, 작은너런지: 4.8m)

서식 해산물: 소라, 전복

정색

두물날이었다, 갓 마중하고 집에 왔는데 해녀 탈의장에서 걸려온 전화, 아내의 상비약을 가져오라는 다급한 전화였다 약을 가져갔을 때는 혼수상태에서 정신이 있어 보였다 아내를 둘러싼 해녀들은 집으로 가던 길을 되돌아와 팔다리를 쥐고 있었다 다행히 해녀들 중 상비약을 갖고 다니는 해녀가 있어 위험은 넘긴 상태, 차를 타고 집으로 오면서 병원 가야 한다 했더니 펄쩍 화를 내며 모르는 증상이냐는 대답, 속내는 내일 서물날 작업하기 좋은 물때란 눈치,

다음날, 작업 가면서 지아비를 안심시키는 말, 왈, 깊은 바다에 가지 않을 것이며 어제와 같은 증상에는 조심하겠다며 집을 나서는 뒷모습에 내 마음은……, 작업 마쳐 당당한 귀가로 첫마디는 "참 기분 좋다"며 어제보다 해산물을 더 잡았다며 해맑은 소녀 같은 미소에 마음이 짠했다(음력 2021. 10. 11.)

(2022년)

해녀의 기도

바다의 신이시여

오늘 하루 이승을
염원하기보다
저승길이
언제일지 모르나
죽는 날까지

"물질허게 허여 주시옵소서"

(2022년)

아이고야

물때는 좋은데

날씨가 궂으니

아이고야……

(2022년)

해녀의 휴일

공직자는 달력을
근로자는 날씨를
농부는 계절을
어부는 물때를

해녀는 파도를 보고

쉰다
쉬어

(2022년)

물질 못 하는 병

감기 몸살로
물질을 쉬라 했더니

왈,

"기침"

감기가 아니니
괜찮다는 아내

나는 멍했다

(2022년)

오늘껏

겨울 날씨치곤 며칠 포근한 날씨
해녀들은 체력의 한계를 견디다 못해
입술이 부풀어 터진 지 며칠

아내에게 쉬어야 한다 했더니

이번 물찐
오
늘
뿐
인
데
집을 나선다

(2022년)

불턱 삼박자

돌 바람 해녀

역사 문화 전통

할머니 어머니 딸

상군 중군 하군

테왁 망사리 눈곽

물찌 물때 물살

베풂 나눔 배려

삶 죽음 생존

소리 냄새 연기

수다 계석 지혜

하늘 바다 영혼

해녀들만의 영역

(2022년)

해녀의 자존

  꿈자리도 뒤숭숭하다면서 ?밧엔 물건이 없다며 오늘은 막여
에나 가야 물건이 있을까?

  하는 소리에 나를 혼미하게 했다 더 잡으면 얼마나 더 잡겠느
냐며 만류했다 남들이 가면 갈 것이라며 내가 뭐라 할까 봐 훌쩍
집을 나선다 물질 가는 아내를 더 자극하고 싶지 않았다 남들보
다 못하면 예사롭지 않은 속앓이 직업에 대한 자부심으로 여기
는 해녀다

(2022년)

불턱 입성기

　헤엄칠 줄도 모르는 오십 대 후반의 주부, 지아비 따라 우도에
발붙여 살려니 해녀가 아니어서 늘, 외톨이였다 그래, 남들이 하
는 물질 난들 못 하겠느냐 하고 독하게 마음먹고 동아줄 허리에
묶어 지아비에게 남이 웃든 말든 개맛 입구를 오가며 헤엄 배워
물이 싸면 구숨 훔치에서 허리에 묶은 동아줄 부여잡은 지아비
따라 매운 담금질로 눈질레기 숨빔질 담방구물질로 똥군 해녀로
거듭나 이젠, 이젠, 하군 해녀 반열에 들어 잡은 해산물 친정에도
보내고 지아비 레슨비도 주고 불턱 수다 소도리도 한다

(2022년)

필요한 만큼만

70 후반의 해녀 할망
잡아 온 성게를 까는데
50대 딸이 거들고 있었다

우리 동네에서
성게물질은
내가 가장 꼴찌로 들어서
내 먹을 만치 됐다 싶으면
가장 먼저 난다며

덜해도 미련 없고
이보다 더하면
물질 욕심이 생긴다며
필요한 만큼만 잡는다는
청순한 해녀 할망

(2022년)

처음

93세 해녀 할망
갯가에서 다쳤다 해서
병원에 문병 갔더니

태어나서 처음 병원 왔다며
살다 보니
병원이 이렇게 좋고 편한 줄 몰랐다던
해녀 할망

코로나19의 여파를 넘기지 못하고
영면하셨다

(2022년)

비양동 줌수의 집

구젱기 먹엉 갑서
고동 먹엉 갑서
군 고동도 있고
썰엉도 픕네다
먹엉 가사 줌녀 할망들
빙세기 우수멍 고맙덴 험네다
줌수 할망들이 지푼 바당에서
잠지패기 하늘 보멍 잡은 고동이우다
고동은 이디가 최고우다

비양동 해녀의 집 ^[표준어]

소라 먹고 가세요
소라 먹고 가세요
구운 소라도 있고
썰어서도 팝니다
먹고 가야 해녀 할머니들
빙그레 웃으면서 고마워합니다
해녀 할머니들이 깊은 바닷속에서
볼기짝 하늘 보면서 잡은 소라입니다
소라는 여기가 최고입니다

(2022년)

나의 기도 1

물질 간 지어미

편한 숨 쉬게 하여 주시옵소서

(2022년)

슬펐습니다 그리고 화났습니다

2021년 7월 초
육지에서 우도에 한방진료 봉사

일면식도 없는 생면부지의 해녀 할망들
5일간의 진료
소회의 짧고 굵은 소리

거나한 기운에
성한 곳이 없는 해녀 할망들
모습이 안쓰러웠던지

"슬펐습니다"
그리고
"화가 났습니다"

울컥한 목울대에 다음 말을 잇지 못했다

(2022년)

암창개 온 어머니

갓 스물에 암창개 온 내 어머니 자식 셋 둔 늦깎이 지아비 공부 바라지로 병든 몸 추스를 겨를 없었다던 내 어머니 천더기가 된 자식 보듬지 못하고 물질로 얻은 병 사경을 헤매다 동아줄 부여잡은 신앙생활 병 고쳐 돌아오니 시집살이 쫓겨난 내 어머니 이 집 저 집 쪽방 굴묵살이 자식 잘되는 것만이 희망이었던 내 어머니 '산수傘壽'에 자식 곁이 호사다 호사다 고맙다 고맙다 하셨던 내 어머니 '망백望百'에 요양원 입소에 눈시울 붉히셨던 내 어머니 '백수白壽'가 코앞인데 명줄마저도 뜻대로 안 된다며 오래 살아 큰일이다 큰일이다 넋두리하셨던 내 어머니 부여잡은 동아줄 놓으려는데 병원 전전하며 가쁜 숨 몰아쉬어야 했던 내 어머니 코로나19가 웬 말이냐 콧줄 연명이 웬 말이냐 영양제도 싫었다 기다리다 기다리다…… 임종 지키는 이 없이 아흔다섯에 명줄 놓으신 '내 어머니'

(2022년)

바당 없으면 못 살주

90을 코앞에 둔 해녀 할망 이제 물질 쉴 때가 되지 않았느냔 말엔 젊었을 적엔 먹고살기 위해 죽자 살자 물질했다 요즘은 쉬멍 쉬멍 하는 물질이라며 돈 벌러 가는 게 아니라 운동 삼아 시름 달래러 간다는 해녀 할망 바다에 갔다 오면 기분도 좋고 움직이지 못했던 다리도 부드럽고 오몽해야 산다는 해녀 할망 바당 없으면 못 산다는 노온 해녀 바다 덕에 산다며 늙는 게 서러운 게 아니라 물질 못 하는 것이 더 서럽다는 해녀 할망 난 글도 모르지만 자식들 대학 시켰으니 성공한 인생이란 노온 해녀 남편도 자식도 바다가 데려갔다며 그래도 바당이 없으면 못 산다며 눈시울 붉히시는 해녀 할망

(2023년)

우도 ᄇ름

1
동쪽에서 부는 ᄇ름 샛ᄇ름
서쪽에서 부는 ᄇ름 갈ᄇ름
남쪽에서 부는 ᄇ름 마ᄑ름
북쪽에서 부는 ᄇ름 하늬ᄇ름

동서남북 부는 ᄇ름 도깽이ᄇ름

2
봄에 부는 ᄇᆞ름
    끈적끈적 뼛속 파고드는 마ᄑ름
여름에 부는 ᄇᆞ름
    산들산들 산내기ᄇᆞ름 갈ᄇᆞ름
가을에 부는 ᄇᆞ름
    지긋지긋 지새ᄇᆞ름 샛ᄇᆞ름
겨울에 부는 ᄇᆞ름
    보실보실 양반ᄇᆞ름 하늬ᄇᆞ름

사시장철 부는 ᄇᆞ름
    변화무쌍 바당ᄇᆞ름 갯ᄇᆞ름

(2023년)

어느 해녀의 푸념

우도 해녀들은
평생 물질로
명품 옷 한번 못 입어보고
명품 신발 한번 못 신어보고
비싼 가방 한번 못 들어보고
마음 편하게 여행 가본 적 없고
고급 식당에서 맛있는 음식 먹어 본 적 없고
돈 벌면 자식들 학비 대고
물질 쉴 땐 병원 가기 바쁘고
가정 살림 꾸리기 바쁘고
며칠 쉬어도 쉬는 게 아니다
이런
순환이 반복되는
삶
그러다 죽으면 알아주는 이 없는
해녀 인생사

(2023년)

여자는 지식 해녀는 지혜

여자로선 너나 나나
삶은 백과 흑

여자는 머리가 익고
해녀는 몸이 익고

여자의 심성은 땅의 기운
해녀의 심성은 바다 기운

여자가 강한 것은 모성의 본능
해녀가 더 강한 것은 바다의 변화

여자는 일상으로
해녀는 박물관으로

인생사 너나 나나
삶의 무대는 뭍과 바다

(2023년)

돈과 물숨

캐온 성게를 까며
기왕지사 선물할 거면
선물할 성게를 했더니
왈,
성게 잡아 봤느냐며
고단한 얼굴
눈을 부라린다

나는 움찔
먹먹…

(2023년)

해녀의 시름

기쁨도
슬픔도
아픔도
괴로움도
망사리에
담고 담아
테왁에 몸 실어
물질로
시름 달랜다

(2023년)

덜컹

평상심에

해녀 사고

지어미가 겹칠 때

(2023년)

자책

물질로
내자가 아파할 땐

나를 만나지 않았더라면
하고
자책한다

(2023년)

오뚝이

썰물에
갯바위 해초
봄 햇볕에
바싹 마르고
건드리면 부서지고
가루가 돼도

밀물에
다시 일어선다

해녀를 빼닮다

(2023년)

성게 트는 날

아내는 성기 트는 날을
손꼽아 헤아렸다
링거도 맞고
테왁망사리도 만지작만지작
조락도 매달고
성기 골각지도
시멘트 바닥에 문지르고
머정 있으라고
작업 도구마다 침도 퉤퉤
아침저녁으로
보고 또 본다

그런데
성기 트는 날
궂은 바다 날씨에
안달복달 성게 가시

(2023년)

흉상 제막

해녀 항일 투쟁사의 잊어서는 안 될
그 이름, 강, 관, 순.(2022. 12. 1. 제막)
        김, 성, 오,(2023. 11. 30. 제막)
사람은 이 세상에 없지만
노랫말과 후학 양성에 매진한 업적은
태양처럼 뜨겁고
보석처럼 반짝이고
바다처럼 변화무쌍하게
온누리를 누비며
우리들의 가슴을 칩니다

온갖 시련과 농간, 약탈, 수탈,
유린으로 시달린
한 맺힌 애달픈
여린 좀녀들이기에
옥살이 모진 고문에도
노랫말을 옥중에서 썼겠습니까

위대한 저 흉상을 보라
가슴 시린 저 노랫말을 명상하라
오늘따라 바닷냄새가
더
짙습니다

(2023년)

여자일 때 해녀일 때 1

여자들은 인문학 소양이 인성이고
　　　　해녀들은 지혜의 철학이 삶입니다
여자들은 책으로 지식과 상식을 배우지만
　　　　해녀들은 테왁으로 체험과 경험으로 지혜를 터득합니다
여자들은 땅을 밟고 살지만
　　　　해녀들은 바다를 밟고 삽니다
여자들은 선생에게 가르침을 받지만
　　　　해녀들은 해녀 고수를 따라 합니다
여자들은 규범을 지키고
　　　　해녀들은 관습을 고집합니다
여자들은 문화를 중요시하고
　　　　해녀들은 전통을 중요시합니다
여자들은 추위에 움츠리고
　　　　해녀들은 물살에 움츠립니다
여자들은 아침에 하늘을 보고
　　　　해녀들은 아침에 바다를 봅니다
여자들은 머리로 하늘을 보고
　　　　해녀들은 궁둥이로 하늘을 봅니다
여자들은 안전을 우선으로 하고 일하지만
　　　　해녀들은 목숨을 걸고 일합니다

여자일 때 해녀일 때 2

여자들은 지난 세월 추억을 말하지만
　　　해녀들은 지난 세월 삶을 말합니다
여자들은 겉으로 웃고 울고
　　　해녀들은 속으로 웃고 웁니다
여자들은 숨 쉬며 일할 수 있지만
　　　해녀들은 숨 참아야 일을 합니다
여자들은 뭍에서 숨 고르며 쉬지만
　　　해녀들의 물숨은 불규칙한 숨입니다
여자들은 긴 한숨 쉬지만
　　　해녀들은 참았던 턱밑 숨을 쉽니다
여자들은 억, 하고 숨넘어가 위험하지만
　　　해녀들은 컥, 하고 숨 토해내야 삽니다
여자들은 이승에서 돈 벌고
　　　해녀들은 저승 언저리에서 돈 법니다
여자들은 아프면 병원 가지만
　　　해녀들은 아프면 굿을 합니다
여자들은 우환에 액땜으로 부적을 지니지만
　　　해녀들은 우환에 동티라 하고 심방 말을 듣습니다
여자들은 교회 가서 기도하고
　　　해녀들은 신당 가서 공양물 놓고 빕니다

여자일 때 해녀일 때 3

여자들은 몸 추스르지만
　　　해녀들은 목숨 추스릅니다
여자들은 개팔자 운운하고
　　　해녀들은 소팔자 운운합니다
여자들은 시간 맞춰 생활하고
　　　해녀들은 물때 맞춰 생활합니다
여자들은 끼니때 밥 먹지만
　　　해녀들은 물때 따라 끼니 굶습니다
여자들은 양력 24절기를 보지만
　　　해녀들은 음력 매달 물찌와 물때를 봅니다
여자들은 양력 날로 생활하고
　　　해녀들은 음력 날로 생활합니다
여자들은 정신노동이지만
　　　해녀들은 육체노동입니다
여자들은 직업이 다양하지만
　　　해녀들은 직업이 유일합니다
여자들은 학벌로 직장을 구하지만
　　　해녀들은 물질이 직업입니다
여자들은 손등으로 눈물 닦지만
　　　해녀들은 바닷물에 눈물 씻습니다

여자일 때 해녀일 때 4

여자들은 말소리 나긋나긋하지만
　　　해녀들은 말소리 괄괄합니다
여자들은 다소곳하지만
　　　해녀들은 변화무쌍합니다
여자들은 집에서 시름 달래지만
　　　해녀들은 불턱에서 시름 달랩니다
여자들은 소화제를 먹지만
　　　해녀들은 위장약을 먹습니다
여자들은 밥을 먹어야 일을 하지만
　　　해녀들은 밥을 굶어야 물질이 편합니다
여자들은 감기로 약 먹지만
　　　해녀들은 물질로 두통약뇌선 먹습니다
여자들은 마른 손발로 일을 하지만
　　　해녀들은 바닷속에서 일합니다
여자들은 손발 가락 올곧지만
　　　해녀들은 손발 가락 옹이투성입니다
여자들은 일할 때 귓구멍을 막지 않지만
　　　해녀들은 귓구멍을 막아야 물질합니다
여자들은 귓구멍 속이 보송보송하지만
　　　해녀들은 귓구멍 속이 끈적끈적합니다

여자일 때 해녀일 때 5

여자들은 물건의 가치를 보지만
　　　해녀들은 물건의 가격을 봅니다
여자들은 비만을 걱정하지만
　　　해녀들은 영양제를 맞습니다
여자들은 날씬한 몸매 부러워하지만
　　　해녀들은 통통한 몸매를 부러워합니다
여자들은 쉬엄쉬엄 일할 수 있지만
　　　해녀들은 물질할 때 멈추면 위험합니다
여자들은 돈이 민심이고
　　　해녀들은 해산물이 민심입니다
여자들은 돈에 마음 흔들리고
　　　해녀들은 해산물에 마음 흔들립니다
여자들은 어머니보다 여리지만
　　　해녀들은 어머니보다 강합니다
여자들은 일상적인 삶을 살지만
　　　해녀들은 독특한 삶을 삽니다
여자들은 출세를 바라지만
　　　해녀들은 성공을 바랍니다
여자들은 잘못을 인정하지만
　　　해녀들은 잘못을 변명합니다

여자일 때 해녀일 때 6

여자들은 돈 걱정하지만
　　　해녀들은 끼니 걱정합니다
여자들은 내일을 걱정하고
　　　해녀들은 오늘을 걱정합니다
여자들은 학교에서 배우지만
　　　해녀들은 바다에서 배웁니다
여자들은 곡식 수확 기다리지만
　　　해녀들은 해산물 ᄌ문날을 기다립니다
여자들은 땅을 일구지만
　　　해녀들은 바닷속을 일굽니다
여자들은 몸에서 향수 냄새 나고
　　　해녀들은 몸에서 단내가 납니다
여자들은 손발톱 매니큐어 바르지만
　　　해녀들은 손발톱 약을 바릅니다
여자들은 손발 지문 온전하지만
　　　해녀들은 손발 지문이 물에 불어 삽니다
여자들은 신상품 옷 고르지만
　　　해녀들은 새 잠수복 고릅니다
여자들은 명품 신발 찾지만
　　　해녀들은 물에 신는 질 좋은 오리발을 찾습니다

여자일 때 해녀일 때 7

여자들은 재물이 자본이고
　　　　해녀들은 물질이 자본입니다
여자들은 학벌로 우열을 가리지만
　　　　해녀들은 물질 기량으로 우열을 가립니다
여자들은 배짱이 여리지만
　　　　해녀들은 배짱이 두둑합니다
여자들은 성깔이 온순하지만
　　　　해녀들은 성깔이 앙칼집니다
여자들은 직장에서 월급을 받지만
　　　　해녀들은 해산물 팔아야 돈을 받습니다
여자들은 뭍 일 하며 살지만
　　　　해녀들은 바닷일 하며 삽니다
여자들은 일기 예보 날씨를 보지만
　　　　해녀들은 몸살로 날씨를 가늠합니다
여자들은 나침반으로 방향 찾지만
　　　　해녀들은 지형지물로 방향을 가늠합니다
여자들은 추위에 약하지만
　　　　해녀들은 추위에 강합니다
여자들은 땀 흘려 일하지만
　　　　해녀들은 몸 시린 일을 합니다

여자일 때 해녀일 때 8

여자들은 일 모다들어 품앗이할 수 있지만
       해녀들의 물질은 거리 두고 해야 합니다
여자들은 생존을 위해 살지만
       해녀들은 생사를 위해 삽니다
여자들은 몸을 아끼지만
       해녀들은 몸을 혹사합니다
여자들은 문화생활이 다양하지만
       해녀들은 문화생활이 바다 생활입니다
여자들은 없으면 불안해하지만
       해녀들은 없어도 덤덤합니다
여자들은 궂은 날씨면 일을 쉬고
       해녀들은 파도 날씨에 물질을 쉽니다
여자들은 비옥한 땅을 찾고
       해녀들은 비옥한 여를 찾습니다
여자들은 바람 소리에 민감하고
       해녀들은 파도 소리에 민감합니다
여자들은 대중가요 즐겨 부르고
       해녀들은 노동요를 흥얼거립니다
여자들은 밥으로 고수레하지만
       해녀들은 한지에 밥을 싼 지를 바다에 던집니다

여자일 때 해녀일 때 9

여자들은 직업 귀천 고르지만
　　　해녀들은 물질을 천직으로 여깁니다
여자들은 숙명을 탓하지만
　　　해녀들은 운명에 맡깁니다
여자들은 아이 낳고 조리원 가지만
　　　해녀들은 아이 낳고 일을 합니다
여자들은 고정 수입으로 살아가고
　　　해녀들은 불규칙한 수입으로 살아갑니다
여자들은 튜브 잡고 헤엄치지만
　　　해녀들은 테왁 짚고 담금질합니다
여자들은 다양한 재능 자랑하지만
　　　해녀들은 물질 하나 자랑합니다
여자들은 직장인이지만
　　　해녀는 직업인입니다
여자들은 직장에서 정년 걱정하지만
　　　해녀들의 직업은 정년이 없습니다
여자들은 나이 듦을 걱정하지만
　　　해녀들은 물질 못 할 것을 걱정합니다
여자들은 철 따라 옷을 입지만
　　　해녀들은 사시장철 잠수복입니다

여자일 때 해녀일 때 10

여자들은 없으면 포기하지만
　　　해녀들은 없으면 도전합니다
여자들은 책가방 들고 학교 가지만
　　　해녀들은 테왁 들고 바다로 갑니다
여자들은 돈 있으면 공부하지만
　　　해녀들은 돈 있어도 물질합니다
여자들은 필요할 때 물건을 사지만
　　　해녀들은 작업 도구 날 봐서 삽니다
여자들은 기록 신뢰하지만
　　　해녀들은 구전을 신뢰합니다
여자들은 논리적이지만
　　　해녀들은 현실적입니다
여자들은 추위나 더위를 피할 수 있지만
　　　해녀들은 추위나 더위를 맞닥뜨립니다
여자들은 성인을 섬기지만
　　　해녀들은 신을 섬깁니다
여자들은 자신을 위한 삶을 살지만
　　　해녀들은 식솔을 위한 삶을 삽니다
여자들은 사랑을 바라지만
　　　해녀들은 행복을 바랍니다

에필로그

제주해녀 국가 중요 어업 유산 1호 지정(2015년)
제주해녀 유네스코 인류무형문화유산 등재(2016년)
제주해녀 국가 무형문화재 등재(2017년)
제주해녀 세계 중요 농어업 유산 등재(2023년)

해녀 문화는 제주의 정신이며 뿌리입니다
해녀 문화는 우리가 보전 전승해야 할 제주의 문화유산입니다
해를 거듭할수록 소멸 위기의 해녀들,
 남아 있는 한 사람 한 사람이 박물관이나 다름없는 보석 같은
해녀들입니다
 해녀의 불턱 수다가 순수한 제주어(우리말)입니다
 소중한 문화적 가치가 소멸되지 않게 지켜야 할 것입니다

부록

우도 동별 해녀 현황

(2024년도 우뭇가사리 채취 기준)

동천진동:　8명

서천진동: 18명

상우목동: 12명

하우목동: 16명

주　흥　동:　9명

전　을　동: 16명

삼　양　동:　9명

상고수동:　8명

하고수동: 10명

비　양　동: 28명

영　일　동: 15명

　　계 149명

우도 해녀 물때표

구분	날이름과 날짜(음)	물때 이름	비고
보름 물찌	초ᄒ루(1)	읏듭물	웨살(사리)
	초이틀(2)	아홉물	
	초사흘(3)	열물	
	초나흘(4)	열ᄒ물	조금
	초닷세(5)	막물	
	초ᄋ세(6)	조금	
	초일레(7)	아끈조금	
	초ᄋ드레(8)	한조금	
	초아흐레(9)	ᄒ물	
	열흘(10)	두물	
	열ᄒ루(11)	서물	
	열이틀(12)	너물	
	열사흘(13)	다섯물	웨살(사리)
	열나흘(14)	ᄋ섯물	
	보름(15)	일곱물	

구분	날이름과 날짜(음)	물때 이름	비고
그믐 물찌	열웃세(16)	으듭물	웨살(사리)
	열일레(17)	아홉물	
	열으드레(18)	열물	
	열아흐레(19)	열흔물	조금
	수무날(20)	막물	
	수무흐루(21)	조금	
	수무이틀(22)	아끈조금	
	수무사흘(23)	한조금	
	수무나흘(24)	흔물	
	수무닷세(25)	두물	
	수무웃세(26)	서물	
	수무일레(27)	너물	
	수무으드레(28)	다섯물	웨살(사리)
	수무아흐레 또는 그믐(29)	으섯물 겸 일곱물	웨살(작은달일 경우)
	그믐(30)	일곱물	웨살(사리)

우도 해녀의 연도별 소득

나이: 1951년생, 경력: 60년, 기량: 상

구분		2023년	2022년	2021년	2020년	2019년	2018년
총 작업일(일)		115	108	130	131	90	96
소라	일수	74	70	90	92	44	51
	수량(개) 단가(원)	2,653 (5,600)	2,260 (5,000)	3,492 (4,900)	6,759 (4,500)	2,068 (5,000)	1,838 (4,800)
오분자기	일수	3	2	2	3	4	
	수량(kg) 단가(원)	8 (46,000)	7 (46,000)	10 (45,000)	8 (45,000)	9 (50,000)	10 (50,000)
성게	일수	28	29	24	26	21	8
	수량(kg) 단가(원)	94 (140,000) 14,100개	100 (130,000) 14,000개	65 (110,000) 9,600개	75 (100,000) 11,100개	77 (90,000) 9,670개	25 (75,000) 3,600개
우뭇가사리	일수	9	7	14	10	20	34
	수량(마대) 단가(원)	9마대 (7,350)	9마대 (6,500)	17마대 (6,500)	12마대 (6,500)	26마대 (10,300)	49마대 (10,300)
해삼	일수	1					
	수량(kg) 단가(원)	3 (25,000)			7 (20,000)		
문어	일수					1	2
	수량(kg) 단가(원)				6 (20,000)	볏붉은잎 (2,400)	볏붉은잎

＊해녀의 연도별 소득을 보면 해산물의 생태계를 알 수 있다. 전복은 멸종위기나 다름없다.

＊우뭇가사리는 건초 30kg 기준이다. 2024년의 경우 7일 작업에 5마대를 기록했다.

'우도 해녀들의 말'
모음

ㄱ

가늠: 가늠. ¶줌녀 물질은 가늠 잘해사 스망 있나(잠녀 물질은 가늠 잘
해야 사망 있다.).

가달: 다리.

가달머리: '다리'를 속되게 이르는 말. ¶가달머리 ㄱ만이 허라(다
리 가만히 해라.).

가달질: 발길질.

가달춤: 해녀들의 자맥질할 때 다리놀림.

가름: 마을.

가름질: 마을길.

가문둠: 감성돔.

가시리: 가사리. 풀가사리. ¶가시리국 둥사지 아니허민 부끈다(가
사리국 지켜 서지 않으면 끓어오른다.).

가죽: 가죽. ¶물질 오래 허당보민 손발에 가죽 물 눈다(물질 오래 하다
보면 손발 가죽 물 분다.).

각제기: 전갱이.

간나이ᄇ름(마ᄑ름): 마파람. 남풍, 남서풍. ¶애기어멍 간나이ᄇ름 맞으민 꽝 어긋난다(아이어머니 마파람 맞으면 뼈 어긋난다.).

간세: 게으름. ¶물질 간세허민 밥 굶나(물질 게으르면 밥 굶는다.).

갈거리: 바위털갯지렁이.

갈라주다: 나누어 주다.

갈라지다[1]: '드러눕다'를 속되게 이르는 말.

갈라지다[2]: 갈라지다.

갈ᄇ름: 갈바람. 서풍.

갈적삼: 감물로 물들인 적삼.

감저: 고구마.

감태: 감태.

감태구미: 감태가 많이 떠밀려 오르는 구역.

감태꽝(감태몰가리): 감태줄거리.

감태망사리: 감태를 채취할 때 쓰는 망사리.

개 비리다: 갯가가 부정 타다. ¶개끗디 사름 죽언 올란 개 비렸저 (갯가에 사람 죽어서 올라와 갯가 부정탔다.).

개끗달: 갯가.

개닦기: 갯가의 잡초를 제거하는 일.

개데맹이여: 바닷속 뽀족이 솟은 여.

개맛: 포구.

개시끄다: '포구를 씻다'는 뜻으로, 바다에서 죽은 해녀의 혼을 부르고 무혼굿을 하다. 이 '개시끄다'를 하지 않으면 물질을 할 수 없다. ¶물질허당 죽은 줌녀 개시끄지 아니허민 궂인 일 생긴다(물질하다 죽은 잠녀 무혼굿하지 않으면 궂은일 생긴다.).

개올래: 포구를 드나드는 좁은 길.

개지름 피다: 물안경의 유리알에 김이 서려 뿌옇게 되다. ¶눈 생쑥으로 문태민 개지름 피지 아니헌다(물안경 생쑥으로 문지르면 뿌예지지 않는다.).

개창: 포구 입구.

개창여: 포구 가까이 있는 여.

개ㅍ래: 사료용 파래.

객주리: 쥐치.

갯ㄱ: 갯가.

갯도 메다: 포구 입구에 파도치다. ¶갯도 메연 배 못 뎅기키여(포구 막혀 배 못 다니겠어.).

갯도·개창: 포구 입구.

거리다: 뜨다. ¶물 거리다(물 뜨다.).

거벵이: 비탈. 경사진 곳. ¶거벵이 젓저 멩심허라(비탈 졌다, 명심해라.).

거슴: 거스러미. ¶손에 거슴 일엇저(손에 거스러미 일었다.).

거실다: 거스르다.

거우쟁이: 해녀의 긴 팔다리. ¶거우쟁이 질민 아맹혜도 물질 잘 허

주(팔다리가 길면 아무래도 물질 잘 하지.).

거펑·겁펑: 전복갑.

건드렁허다: 바람이 불어서 시원하다.

건들마(건들마ㅍ름): 남서풍.

건불리다: 시원한 바람을 맞다. ¶덥거들랑 건불리라(덥거든 바람

을 쐬어라.).

건선새: 동쪽에서 갑자기 부는 바람.

건성: 건성.

건우미: 채취하기 전 우뭇가사리. ¶건우민 질 좋아(채취하기 전

우뭇가사리는 질 좋아.).

건지미: 바닷속 그늘.

건지미 지다: 바닷속 햇볕이 굴절되지 않는 곳에 그늘이 지

다. ¶오늘은 건지미져 물건 잘 안 보염쪄(오늘은 그늘져서 해산물 잘

안 보인다.).

걸러지다: ①'드러눕다'를 속되게 이르는 말. ②미역 따위가

길차게 자라서 쓰러지다. ¶올린 메역 하영 난 걸러졋저(올해는

미역이 많이 나서 드러누웠다.).

걸망: 걸망. 코가 큰 망사리. ¶감태 걸망이나 메역 걸망은 코가 커

사 물 잘 빠진다(감태 걸망이나 미역 걸망은 코가 커야 물 잘 빠진다.).

검부레기: 검부러기.

검은성기: 보라성게.

검질불: 지푸라기 불.

게들레기: 소라게. 집게. ¶우물 나오난 게들레기 들어간 주인 노릇 햄쩌(알맹이가 빠지니 집게가 들어가서 주인 노릇 한다.).

게매: 글쎄.

게석·게숙: 상군 해녀들이 바다에서 하군 해녀 망사리에 잡아주는 해산물.

게수리: 갯지렁이.

게웃: 전복 내장.

게웃젓: 전복 내장으로 담근 젓갈.

게춤: 가래침.

경허난: 그러니까.

경헴사: 그러느냐.

고고데: 지나고 지난 일. ¶고고덴 말 작작 허라(지나고 지난 말 작작 해라.).

고냉이이빨: 제주개오지.

고도리: 자잘한 고등어.

고동 나눕다: 소라가 구멍이나 돌 틈에서 나오다. ¶정이월엔 고

동 나눕나(정이월에는 소라 나온다.).

고동: 고둥. 소라.

고동 느려가다: 소라가 구멍이나 돌 틈으로 들어가다. ¶봄 땐 고동 느려간다(봄 때는 소라 내려간다.).

고동딱물: 소라딱지.

고동망사리: 소라 잡을 때 쓰는 망사리.

고동여: 소라가 많이 나는 여.

고리다: 고리다. 곯다.

고망: 구멍.

고무눈: 테가 고무로 된 물안경.

고무옷·고무잡수복: 해녀들이 물질할 때 입는, 합성고무로 만든 옷(1970년대부터 보급).

고애기: 바구니 물받이. ¶쇠가죽고애기: 소가죽을 말려서 만든 바구니 물받이.

고장초(고장풀): 볏붉은잎. 바다풀의 한 종류.

고정들다: 곧이듣다.

고지기: 듬북.

고지돌: 갈치 낚시 줄 추.

고팡: 광. 고방.

곤밥: 쌀밥.

곧은갈ᄇ름: 정 서풍.

곧은높ᄇ름: 정 북풍.

곧은마ᄑ름: 정 남풍.

곧은새: 정 동풍.

곧작: 곧추.

골다: 곯다.

골르다¹: 곯다. 양에 모자라게 먹거나 굶다.

골르다²: 고르다. 여러 개 가운데 하나를 뽑다.

골르다³: 고르다. 가득 차지 아니하다.

골마·골마ᄑ름: 남남서풍.

골메: 골무.

곰¹: 소중의 허리끈. ¶곰 잘 무끄라(허리끈 잘 묶어라.).

곰²: (저고리) 고름.

곰배: 곰방메.

곰셍이: 곰팡이.

곱다¹: 곱다. (얼다) ¶손발 곱다(손발 곱다.).

곱다²: 숨다. ¶잘 곱으라(잘 숨어라.).

곱은여: 물이 써도 잘 보이지 않는 여.

곱을락: 숨바꼭질.

곱지다: 숨기다.

공글공글: 흔들흔들. ¶바당에 돌 멩심허라, 공글공글 헌다(바다의 돌 멩심해라, 흔들흔들한다.).

공쟁이: 나무 갈퀴.

공쟁이 걸다: 시비를 걸다. 발을 걸다. ¶무사 나 말이엔 허민 공쟁이 걸엄시(왜 내 말이라 하면 시비를 거느냐?).

공쟁이대: 긴 대나무 갈퀴.

과재기: 많이.

관재: 테왁에 있는 두 개의 둥근 줄. ¶테왁에 관재가 잇어사 얼근다(테왁에 둥근 두 줄이 있어야 얽는다.).

관재기: 넓미역 갈퀴 살 고정 끈.

괄세: 괄시. ¶괄세 말라(괄시 말라.).

광대코지: 지명. ¶광대뼈를 닮은 지역.

구덕: 바구니.

구뎅이: 구덩이.

구들: 방.

구리다: 속이 비다.

구릿: 벵에돔.

구문쟁이: 능성어.

구뭄물찌(그뭄물찌): 매월 음력 24부터 다음 달 8일까지 물때.

구미: 갯가 일정한 구역.

구숨: 바다 쪽에서 육지 쪽으로 들어간 깊은 해안. ¶구숨에 멜 들다(구숨에 멸치 들다.).

구젱기: 소라. 작은 소라.

구젱기깍: 소라 내장 끝부분.

구젱기똥: 소라 내장.

구젱이딱물: 소라딱지.

구진물통: 구정물 통. ¶마을 공동으로 빨래도 하고 소와 말을 먹였던 빗물통.

군붓: 군부.

굳짝: 곧장.

굴: 소중의 가랑이. ¶산굴(소중의 왼쪽 가랑이). 죽은굴(소중의 오른쪽 가랑이).

굴렁지: 밑바닥이 움퍽 들어간 곳.

굴멩이: 군소. ¶옷벗은굴멩이(늙어서 겉이 허예진 군소를 말함.).

굴묵: 제주의 전통 난방시설.

굼튼튼: 자린고비.

굽: 굽. ¶듬북 눌 굽 잘 놔사 눌에 물 안 들어간다(뜸부기 가리 굽 잘 놔야 가리에 물 안 들어간다.).

굿: 굿. 무당이 귀신에게 치성을 드리는 의식.

궁퉁이: 궁퉁. ¶궁퉁이 막아지다(궁퉁이 없다.).

궐: 궐(闕). 빠짐.

궐 면허다: 궐 면하다. ¶겨우 궐 면헷저(겨우 궐 면했어.).

궤기: 고기. ¶조근 궤기 까시 쎈다(작은 고기 가시 세다.).

궤눈(족세눈): 제주시 구좌읍 한동리에서 만든, 알이 두 개인 물안경.

궤다: 끓다.

궹이·멍구젱이: 못. 옹이. 살가죽이 여러 번 스쳐 굳어진 자리.

귀뜨리다: 수압으로 귀가 먹먹하다. ¶귀뜨련 물질 못 했저(귀가 먹먹해서 물질 못 했다.).

귀막다: 귀먹다.

그근내: 화독내. ¶그근내 나는 거 보난 밥 탄셍이여(화독내 나는 거 보니 밥이 탄 모양이야.).

기성회 바당: 공동 작업장. ¶마을이나 학교에 자금을 모으기 위한 목적.

깅이: 게. ¶바닷게.

ᄀᆞ끼다: 갑시다. 물 따위가 갑자기 목구멍에 들어가 숨이 막히게 되다.

ᄀᆞ득: 가득.

ᄀᆞ랑비: 이슬비.

ᄀᆞ레ᄀᆞ는물질: 한 장소에서만 하는 물질.

ᄀ루: 가루.

ᄀ리: 기회. 고비. ¶누 칠 때랑 ᄀ리 보멍 나라(너울 칠 때랑 기회 보
며 나와라.).

ᄀ리ᄀ리: 순간순간.

ᄀ메기보말: 개울타리고둥.

ᄀ무끄다: 삐다.

ᄀ슬: 가을.

ᄀ실: 가을걷이.

ᄀ지: 머리. ¶ᄀ지 적졍 손해 없나(머리 적셔서 손해 없다.).

ᄀ: 간. ¶반찬 ᄀ 보다(반찬 간 보다.).

ᄀ 맞다: 간 맞다.

ᄀ 싱겁다: 간이 심심하다.

ᄀ갈치: 자반갈치.

ᄀ고등어: 자반고등어.

ᄀ박다: 소금에 절이다. ¶저립 궤긴 ᄀ 박앙 해 넘엉 먹어도 제맛이
라(제방어 고기는 소금에 절여서 해 넘어서 먹어도 제맛이야.).

ᄀ치다: 소금치다.

ᄀ피다: 간피다. 말린 해초에 소금기가 남아 하얗게 되다.

ᄀᆮ다: 말하다. 이야기하다.

ᄀᆯ각지·ᄀᆯ게기·ᄀᆯ겡이: 호미.

굴다: 갈다. ¶호미 굴라(낫 갈아라.).

굴아입다: 갈아입다. ¶소중의 굴아입다(물옷 갈아입다.).

굽: 금. 경계. ¶굽 넘어 가지 말라(경계 넘어 가지 말라.).

굽 ᄂᆞ리다: 바닷물이 곧 써려할 때. ¶굽 ᄂᆞ렴저 흔저 출리라, 물에 빠지게.(금 내린다 어서 차려라, 물에 빠지게.).

굽동산: 경계가 되는 언덕.

굽시기: 돌고래.

굽여: 경계가 되는 여.

굽갈르다: 분별하여 한계를 짓다.

굽굽허다: 갑갑하다.

굿: 갯가.

굿ᄂᆞ누: 갯가에 이는 파도.

굿물질: 얕은 바다에서 하는 물질.

굿밧: 얕은 바다.

굿여: 가까운 곳의 여.

굿우미: 얕은 바다에 나는 우뭇가사리.

굿이: 우도 밖. 뭍. ¶굿이 가다(우도 밖으로 가다.).

까구리: 문어를 잡는 갈퀴.

까메기: 까마귀. ¶까메기 궤기 먹어시냐, 그쑹안에 이저불게(까마귀 고기 먹었느냐, 그새 잊어버리게.).

까메기보말: 개울타리고둥.

까부리: 해녀들이 물질할 때 쓰는 모자. 보통 광목으로 만들
  고, 목덜미와 뺨을 감쌈.

깍: 소라 내장 *끄트머리*.

깡쓰레빠: 비닐 슬리퍼. ¶민질민질헌 돌엔 깡쓰레빠가 안 는끼린다
  (매끌매끌한 돌엔 비닐 슬리퍼가 안 미끄럽다.).

꺽죽·껍죽: 거죽.

께다: 깨다. 조각내다. ¶그디 이신 고동 께라, ㄱ치 먹게(거기 있는
  소라 깨어라, 같이 먹자.).

께미: 꿰미. ¶께미에 껜 바당 궤기는 열 개가 흔 뭇이라(꿰미에 꿰어있
  는 바닷고기는 10마리가 한 뭇이야.).

꼴렝이: 꼬랑이.

꽈랑꽈랑: 쨍쨍.

꽝: 뼈. ¶꽝 애끼라(뼈 아껴라.).

꿀[1]: 따개비.

꿀[2]: 큰뱀고둥.

꿈: 껌.

꿩독세기: 꿩알. ¶으스룩흔 디 꿩독세기 난다(어수룩한 데 꿩알 낳는다.).

끗댕이: *끄트머리*.

끼다: 끼다. ¶장갑 끼엉 고동 잡곡(장갑 끼어서 소라 잡고.).

나다: 나다. ¶물들엄쩨, 물질 그만허영 나게(물민다, 물질 그만하고 나자.).

나리: 장소. ¶우미 널 나리 잡으라(우뭇가사리 널 장소 잡아라.).

나부리: 파도.

나부리치다: 파도치다.

나이롱망사리: 나일론 줄로 만든 망사리.

난바르물질: 배를 타고 멀리 나가 숙식하면서 하는 물질.

난생이: 냉이.

난여: 바닷물이 들면 잠기고 써면 수면 위로 나타나는 여.

난중이: 알 싼 성게. ¶성기가 난중이 되언 알이 엇저(성게가 알 싸서 알이 없다.).

날 궂다: 날씨가 좋지 않다.

날 볼다: 바다 날씨가 잔잔하다.

날숨: 해녀들이 물속에서 오래 참는 숨.

남미: 개해삼. ¶먹지 아니허는 남미 봐져라(먹지 않는 개해삼 보이더라.).

남총망사리: 종려나무 잎을 꼬아서 만든 망사리.

납작여: 나부죽한 여.

낫: 호미. ¶뭍에서 쓰는 낫은 비호미, 물에서 쓰는 낫은 중게호미.

낭¹: 장. 말린 미역 낱개를 세는 단위. ¶폭 20여㎝, 길이 1여m. 말린 미역 20낭이 한 단.

낭²: 나무.

낭불: 장작불. 나무로 때는 불.

너런지·넙데기: 바닷속 넓고 평평한 여.

너물: 너무날. 매월 음력 12일과 27일의 물때.

너부쟁이: 너부죽이.

너울: 너울. 꺾임이 없는 높은 파도.

넙메역: 넓미역. 홍조단괴에 서식하는 우도 특산 미역. 폭이 20~30여㎝, 길이 150여㎝

넙메역 갈퀴: 넓미역을 채취해 올리는 갈퀴.

넙메역 갈퀴 관재기: 넓미역 갈퀴 살을 묶는 줄.

넙메역 목돌: 넓미역 갈퀴와 본줄 사이 봉돌로서 나무갈퀴가 물에 뜨지 않게 함.

넙메역 본줄: 넓미역 갈퀴를 매단 긴 줄.

넙메역 불돌: 넓미역 갈퀴에 매단 돌로 만든 봉돌.

넙메역 불돌 줄: 넓미역 갈퀴와 불돌 사이 연결한 줄.

넙메역 ㅂ름: 6,7월 풍선으로 넓미역을 끌어 올릴 때 부는 남서 및 서풍(갈바람).

넙메역 작지왓: 넓미역이 서식하는 물속 자갈이 많은 지역.

노랑젱이: 거름용 해초. ¶노랑젱이 잘 나민 시절 좋나(듬북 잘 자라면 시절 좋다.).

놀: 놀. 꺾임이 높은 파도.

놀불다: 바람을 동반한 높은 파도가 일다.

높ᄇᆞ름(ᄀᆞᆺ은하늬ᄇᆞ름): 북풍.

높새(높새ᄇᆞ름): 북동풍.

높하늬(높하늬ᄇᆞ름): 북북동풍.

누: 너울. ¶누 일엄저, 멩심허라(너울 인다, 명심해라.).

누넹이: 누룽지.

누치다: 파도치다.

눈: 물안경. 수경.

눈곽: 물안경을 보관하는 상자.

눈꿀: 눈꼴. 눈질. 흘끔거림. ¶눈꿀 허지 말라(흘끔거리지 말라.).

눈질레기: 자맥질을 하지 않고 물안경을 쓰고 얕은 곳에서 해산물을 채취하는 작업.

눌: 가리.

눌굽: 가리를 만들 자리의 밑바닥. ¶눌굽에 작지 꿀라(가리 밑바닥에 자갈 깔아라.).

느끔: 누꿈. 거친 파도나 세찬 비바람이 잠깐 갬.

는달는달: 는적는적.

는드레기: 는적는적한 해초.

는작: 는적. 본래 모습이 사라진 상태를 나타내는 말.

늘내: 비린내. 물고기에서 나는 비릿한 냄새.

늙은 고동: 오래된 소라.

늙은이 물알: 지명.

늣: 바다이끼.

늦ᄇᄅᆷ: 남서풍.

늦하늬·늦하늬ᄇᄅᆷ: 북북서풍.

ᄂ릇ᄂ릇: 느릿느릿.

ᄂ젱이: 아홉동가리.

ᄂᆯ궤기: 날고기. 생고기.

ᄂᆯ낭: 날나무. 생나무.

ᄂᆯ메역: 날미역. 생미역.

ㄷ

다금바리: 자바리.

다섯물: 다섯무날. 매월 음력 13일과 28일의 물때.

단: 단. 말린 미역 20개를 세는 단위.

담방구물질: 퐁당거리며 하는 물질.

담뿌테왁: 양철테왁.

닷돌: 닻돌. 해녀들이 작업할 때 테왁망사리가 물살에 흘러 가지 않게 고정하는 작은 닻돌.

닷돌 조락: 닻돌을 담는 작은 망사리.

닷줄: 닻줄. 테왁망사리와 닻을 연결하는 줄.

닷찌: 독가시치.

당: 당. 당신(堂神)을 모신 장소.

당알: 당이 있는 아래쪽.

당일치기: 그날 물질하고 돌아옴. 즉일.

대구덕: 대바구니.

대상군: 물질 기량이 아주 특출하게 뛰어난 해녀.

대오삭: 거북손.

대ㅈ문: 금했던 금채기를 푸는 첫날. 첫 해경(解警).

대천바당: 대천바다. 대해(大海).

덤발치: 망둑. 별망둑.

데맹이: 대가리. 머리를 상스럽게 부르는 말.

뎅기다: 다니다.

도깽이ㅂ름: 회오리바람.

도나다: 씨가 떨어져 저절로 다시 나다.

도세기: 돼지. ¶메어 둔 도세기 기시린 도새기 숭본다(매어 단 돼지가 그슬린 돼지 흉본다.).

도체비: 도깨비.

돈대: 작은 문어. ¶돈대 새끼(작은 문어.).

돈짓당: 바다 신(용왕)을 모신 당.

돌상: 해마다 돌아오는 궂은일이 일어났던 그날. ¶오늘 조심 허라, 줌녀 죽은 돌상이여(오늘 조심하거라, 해녀 죽은 날이야.).

돌언지물: 먼바다에서 썰물에서 밀물 직전 정조 때.

돌우미: 개우무. 우뭇가사리의 한 종류.

돌포말·돌보말: 눈알고둥.

돔베: 도마.

돗어랭이: 무점황놀래기. 황놀래기. 무지개놀래기.

동마(동마ᄇᆞ름): 남남동풍.

동치코지: 황돔 낚는 곳.

동티: 동티, 지신의 성냄을 받는 재앙. ¶통시 물건 아무 제나 문지그민 동티 난다(변소 물건 아무 때나 만지면 동티 난다.).

동하늬(동하늬ᄇᆞ름): 북동풍.

되짐베기: 물질을 탁월하게 하는 해녀.

두린애기: 어린아이.

두물: 두무날. 음력 매월 10일과 25일의 물때.

둠벙: 바닷가 물웅덩이.

둠북: 듬북. 뜸부기.

둠북눌: 듬북을 말려서 쌓은 가리.

둥그리다: 굴리다. 파도에 굴림을 당하다.

둥근새(둥근새ᄇᄅ름): 동풍이 여러 날 부는 바람.

뒤처지: 소중이 허리 위 뒤쪽. ↔ 앞처지.

뒷이몸: 소중이 허리 아래 뒤쪽. ↔ 앞이몸.

드렁코지: 지명. ¶사람이 처음 들어온 곳.

득생이코지: 지명. ¶득생이란 사람이 처음 집을 짓고 산 곳.

들다: 들다. 해녀들이 물질하기 위하여 바닷물에 들어가다.
　 ↔ 나다.

들물: 밀물. ¶들물 낫저. 재기 나게(밀물 났다, 재우 나자.).

들물깍: 밀물이 센 구역. ↔ 쏠물깍.

들숨: 해녀들이 물속에서 짧게 참는 숨.

듬삭허다: 맛이 아주 '등겁다'.

등겁다: 아주 구수하다.

딕게: 가시발새우.

딕고달: 갈래곰보. 해초의 한 종류.

ᄃ물: 단물. 민물.

ᄃ물통: 먹는 빗물통.

ᄃ으멍ᄃ으멍: 해녀들이 물결을 거슬러 헤엄침.

ᄃ랑거리다: 달랑거리다. '물결치다'의 뜻으로 쓰임.

돌렝이: 밭뙈기. 작은 밭.

돌트다: 달뜨다.

둠뿍: 담뿍.

딱물: 소라딱지. 소라의 껍데기.

딱쌀: 패류의 껍데기.

똥군: 물질 기량을 배우는 해녀.

뚜껑: 뚜껑.

뚜데기: 해녀들이 물질하고 나서 불을 쬘 때 어깨에 덮는, 솜을 넣어 누빈 작은 이불. 솔.

뜬석(튼석): 바닷물이 써도 물이 고여 있는 곳. ¶개맛에 배 물싸민 작업 못 가니 물싸기 전에 튼석 메라(포구에 물이 써면 배가 작업을 못 나가니 물이 써기 전에 물이 있는 곳으로 매어라.).

똘: 딸. ¶나 똘이 고와사 사윌 골른다(내 딸이 고와야 사위를 고른다.).

똠: 땀.

똣똣허다: 따뜻하다.

Ⓜ

마깨: 방망이. ¶해 트기 전광 해진 후제 막깨질 소리 내우민 구신 들어온다(해 뜨기 전과 해 진 후에 방망이질 소리 내면 귀신 들어온다.).

마농: 마늘.

마주목: 멀구슬나무.

마중: 마중. 해녀들이 물질해 채취한 해산물을 가족들이 뭍

　으로 옮겨 나르는 일.

마타살: 대수리.

마ㅍ(파)롬: 마파람. 남풍.

막물: 매월 음력 5일, 20일의 물때.

막여: 해녀들이 물질할 수 있는 맨 끝에 있는 여.

막은창: 막다른 골. 막다른 골목. 막다른 길.

만각·만곽: 끝물에 채취하는 미역.

만각메역: 끝물 미역.

만각우미: 끝물 우뭇가사리.

말여: 멀리 떨어진 여.

말툭박은여: 바다의 경계가 되는 여.

망루: 봉수대.

망사리: 망사리. 그물로 만든 망태기. ¶우미망사리, 헛물에 망사리, 감태망사리, 조락(보조망사리).

망치: 망상어.

매쪽: 뾰족.

머드레생복(ᄋ묵은생복): 늙은 전복.

머들: 굵은 자갈.

머들팟: 돌무더기가 많은 곳.

머을: 자갈.

머정: 물질 기량.

머정 엇저: 물질 기량이 없다.

머정 좋다: 물질 기량이 좋다.

먹돌: 검고 딴딴한 현무암 돌.

먹보말: 밤고둥.

메역: 미역. ¶메역 물릴 때 근피민 시세 좋나(미역 말릴 때 간피면 시세 좋다.).

메역 쉬들다: 미역이 쇠다. ¶메역 쉬들민 못 먹나(미역이 쇠면 못 먹는다.).

메역국: 미역국.

메역즈문: 미역채취.

메역체: 미역무침.

메역치: 쏠종개.

메옹기: 두드럭고둥.

메친: 해녀 물옷(소중의)의 왼쪽 어깨끈.

멜: 멸치.

멜개: 지명. 멸치가 들어오는 곳.

멜그물: 멸치그물. 분기초망(焚寄抄網).

멜첫: 멸치젓.

멩년: 명년.

멩지바당(지름장바당): 물결이 없는 아주 잔잔한 바다를 일컫는 말.

모살: 모래.

모살개: 모래가 모이는 구역.

모커리: 곁채.

목줄[1]: 뒤웅박과 망사리 연결 줄.

목줄[2]: 넓미역 갈퀴와 봉돌 사이 연결 줄.

목지기: 길목.

목측: 목측(目測). 눈가늠.

몬독내: 진액 냄새. 옥돔에서 나는 역겨운 냄새.

무낭: 해송(海松). 해송과 해송속에 딸린 자포 동물. 지팡이, 물부리, 목걸이 등을 만듦.

무뚱: 집채에 딸린 문 바깥 처마 밑. 난간.

무레질: 물질.

무사: 왜.

문게: 문어. ¶정월 초싱에 문게 잡으면 그해 재수 좋나(정월 초승에 문어 잡으면 그해 재수가 좋다.).

문게상퉁이: 문어 몸통.

문입쳉이: 문설주. ¶운구홀 때 관으로 문입쳉이 건디리민 봉문 쉐 파 분다(운구할 때 관으로 문설주 건드리면 무덤 소 파 버린다.).

물구덕: 물동이 대신 허벅을 넣어 지고 다니게 만든 바구니.

물굿(무흔굿): 물질하다 죽은 해녀의 넋을 달래는 굿.

물꺼리상꺼리: 티끌 모아 태산. ¶숨비당 보난 망사리 올라와라(자맥질하다 보니 망사리 올라오더라. 곧 망사리가 가득 차더라.).

물돌다: 썰물에서 밀물로 바뀌기 시작하다. ¶물돌암저, 나게(물돈다, 나가자.).

물들다: 물밀다.

물때[1]: 밀물과 썰물 때. 무수기.

물때[2]**(물찌)**: 무날.

물막쳉이: 오징어(피둥어꼴두기).

물망태: 해파리.

물문게: 알을 싸 버린 문어.

물발: 물발. 바닷물이 움직이는 기세.

물봉봉: 만조.

물살: 물살. ¶물살 독허다(물살 독하다.).

물수건: 광목으로 만들어 해녀들이 물질할 때 쓰는 수건.

물숨: 해녀들이 바닷물 속에서 참는 숨. ¶물숨 애끼라(물숨 아껴라.). 들숨(오래 참지 못하는 물숨), 날숨(오래 참는 물숨).

물숨나다: 바닷물 속에서 오래 참는 숨이 생기다.

물싸다: 물써다.

물알¹: 바닷속. ¶물알 욕심내지 말라(바닷속 욕심내지 말라.).

물알²: 만처럼 들어온 안쪽.

물알 어둡다: 바닷속이 어둡다.

물어름(어름): 밀물과 썰물 사이 물 흐름이 잔잔한 구역. ¶물
어름으로 가사 물질허기 좋아(물어름으로 가야 물질하기 좋아.).

물에 나다: 해녀들이 물질을 마치고 뭍으로 나오다.

물에 빠지다: 해녀들이 물질하러 바닷물에 들어가다.

물옷: 물옷. 잠수복.

물적삼: 광목으로 만들어 해녀들이 물질할 때 입는 적삼.

물질·무레질: 물질. ¶물질은 골라 멕인다(물질은 골고루 먹인다.).

물찌: 무수기. 보름물찌. 그믐물찌.

물체(물체기): 솜을 넣어 누빈 상의.

물춤: 물참. ¶만조가 되어 물길이 거의 움직임이 없을 때의 바닷물.

물코: 물이 들고 나가는 바닷가 안쪽 끝 지점.

물코알: 지명.

물톳: 돌돔.

뭇: 뭇. 바닷고기 열 마리를 세는 단위.

미망사리: 억새를 꼬아서 만든 망사리.

민둥누: 굼뉘. 꺾임이 없는 높은 파도. ¶민둥누 일엄쩌, 빨리 나라 (굼뉘 인다, 빨리 나가자.).

밀: 해녀들 귓구멍 마개. ¶밀 막으라, 물에 들게(밀 막아라, 물에 들자.).

밀메역: 덧난 미역.

밀트다: 해녀들이 작업 중 귓구멍 마개가 느슨해지다.

ᄆᆞ르: 마루. 고비.

ᄆᆞᆯ: 말. ¶ᄆᆞᆯ 노는디 강 ᄆᆞᆯ 놀고 쉐 노는디 쉐 논다(말 노는 데 가선 말이 놀고 소 노는 데 가선 소가 논다.).

ᄆᆞᆯ가리: 해조류의 줄기. ¶감태 ᄆᆞᆯ가리(감태 줄기.).

ᄆᆞᆯ그랑: 연자매.

ᄆᆞᆯ리다: 말리다.

ᄆᆞᆯ멘지름: 말미잘.

ᄆᆞᆷ: 모자반. 마미조.

ᄆᆞᆷ국: 모자반국. ¶ᄆᆞᆷ국은 도새기 숨아난 국물에 도새기 배설 놔사 맛 좋아(모자반국은 돼지 삶았던 국물에 돼지 창자 넣어야 맛 좋아.).

ᄆᆞᆷ촛돋다: 모자반이 쉬다. ¶ᄆᆞᆷ촛돋앙 먹지 못 허키여(모자반 쉬어 먹지 못하겠어.).

ⓗ

바당: 바다.

바당물 나다: 바닷물 나다. 물질 작업 때가 늦었다.

바당부름: 바닷바람. 해풍.

바당여: 멀리 떨어진 물속 여.

바당풀 캐다: 바닷속 잡초 제거작업을 하다.

바대: 바대. 소중의 샅 이중 박음질.

바롯잡이: 해루질. 바다에서 고둥, 전복, 소라 따위를 잡는 일.

박게: 갯장구.

밖거리: 바깥채.

발동기: 동력선.

밥자리: 자잘한 자리.

밧칠성: 집 바깥에 모신 뱀신을 이르는 말.

방서: 액 방지. 부적.

방장우럭: 우럭볼락.

백궐: 아무 해산물도 못 잡음. ¶오늘은 백궐 했저(오늘은 아무것도 못 잡았어).

백바당: 해산물이 없는 바다.

백중사리: 음력 칠월 보름 전후의 무수기. ¶백중사리 물 만이 들곡 싼다(백중 땐 물이 많이 밀고 썬다.).

버구기테왁: 스티로폼 뒤웅박.

버난지: 떠밀려온 해초. 풍초.

버난지개: 해초가 밀려오는 구역.

버덕: 너럭바위.

번번ᄒ다: 번번하다. 널따랗다.

벌ᄆ작: 벌매듭. ¶소중의 등 한복의 단추로 많이 쓰임.

벙에: 흙덩이.

베또롱줄: 테왁과 망사리를 연결하는 세 가닥 줄.

벳물질: 배 타고 가서 하는 물질.

보름물찌: 매월 음력 9일서부터 23일까지의 물때.

보말: 고둥. ¶보말도 궤기여(고둥도 고기야.).

복먹다: 물먹다. ¶헤엄치지 못하고 익사 직전 물 먹음.

복젱이: 복어. ¶숭어 튀민 복쟁이도 튀난 배 갈라정 죽나(숭어 뛰면 복어도 뛰다가 배 갈라져 죽는다.).

볼래낭: 보리수나무.

볼래낭 알: 보리수나무가 있는 아래쪽 지형 갯가.

붓디창옷: 신생아에게 입히는 소매가 긴 옷. ¶붓디창옷에 돈 쌍 놔뒀당 노름ᄒ레 가민 돈 딴다(신생아에게 입혔던 옷에 돈 싸 두었다가 노름 가면 돈 딴다.).

봉오지: 봉오리. 돌출된 끝부분.

부젯집: 부잣집. ¶뚤 한 집이 부젯집이라(딸 많은 집이 부잣집이다.).

북새: 여명.

불턱: 해녀들이 물질하고 나서 언 몸을 녹이기 위해 불을 쬐기도 하고 옷을 갈아입는 탈의장.

불턱담: 불턱 주위를 둘러싼 돌담.

붉은성기: 분홍성게.

비렁: 바닷물 속 바위 기슭.

비바리: 전복 따는, 결혼하지 않은 처녀.

비우다: 붓다.

비호미: 풀 베는 낫. ¶중개호미: 해초 베는 낫.

빌레: 반석. 너럭바위.

빗창: 전복 트는 도구. ¶나부죽한 쇠붙이로 길이 30여㎝, 너비 3여㎝로 끝은 둥그스름하고 예리하게 만들고, 손잡이 쪽은 동그랗게 말려 있어 고무줄 끈이 달려 있음.

빙세기: 빙그레.

ᄇ들락: 베도라치.

ᄇ들락물질: 갓 배우는 물질.

ᄇ른구덕: 해어진 데를 천이나 종이로 바른 바구니.

ᄇ름: 바람.

ᄇ름의지: 바람의지.

ᄇ름코지: 바람받이.

ᄇ다: 물결이 잔잔하다.

빠지다: 빠지다. 입수하다. ¶물쌈쩌, 혼저 물에 빠지게(물썬다, 어서 물에 빠지게.).

뺏대기: 절간고구마. 고구마를 나풀나풀 썰어서 말린 것.

뻘해섬: 뻘에 나는 해삼.

뽁딱(복닥): 천으로 만든 손가락 보호대.

뽕돌: 봉돌.

뿡기: 고기 밑밥.

ㅅ

사롬: 사람.

사발시계: 탁상시계.

사장: 사장. 모래밭.

산굴: 소중의 왼쪽 옆에 막힌 가랑이. ↔ 죽은굴.

산내기ㅂ롬: 산 쪽에서 불어오는 바람. 서서북풍

산물통: 물이 솟는 통.

살레: 부엌 찬장.

삼대받이(선): 삼대선. 세대박이. 돛대가 세 개인 범선.

상고: 마을에 해산물을 수집하는 사람.

상군(상줌녀): 물질 기량이 아주 뛰어난 해녀.

상방: 대청. 마루.

상제: 상제. ¶상젠 잔칫집 음식상 안 マ지근다(상제는 잔칫집의 음식 상 안 만진다.).

상퉁이: 상투. ¶문어의 몸통.

새각시: 새색시. ¶새각씨 들어올 땐 씨어멍은 안 내다본다(새색시 들 어올 땐 시어머니는 안 내다 본다).

새시방: 새신랑. ¶새시방 새각씨 집에 들어올 땐 가시어멍 안 쳐다본 다(새신랑 새색시 집에 들어올 때 장모 안 쳐다본다.).

샛보롬: 동풍.

생기리: 무말랭이.

생복: 생복. ¶생복 터난 지 세상 오랫저(생복 딴 지 세상 오랬다.).

생선: 옥돔.

서물: 서무날. 매월 음력 11일과 26일 물때.

설덕: 서덜. 돌무덤.

설레미나다: 피곤하다.

섬머리(島頭): 우도봉.

섭우미: 질 좋은 우뭇가사리.

성기(키, 쿠살): 성게. ¶성기 ㅇ물민 보리 옵나(성게 여물면 보리도 여 문다.).

성기 숟가락: 깐 성게 알을 파내는 작은 숟가락.

성기 테왁망사리: 성게를 잡아서 놓는 뒤웅박 망사리.

성기곽: 성게 상자. ¶상자 규격: 가로 10여㎝, 세로 15여㎝, 깊이 2여㎝.

성기굴각지: 성게 잡는 호미.

성기알: 알 성게.

성기체: 성게 알을 고르는 망(체).

성기칼: 성게 까는 칼.

성기핀셋: 깐 성게 알에서 잡티를 골라내는 핀셋.

성창: 선창.

세비코지: 지명.

셋불턱: 두 번째 불을 쬐는 탈의장.

셋여: 두 번째 여.

소님(마마): 홍역. ¶소님 들민 상 못 받앙 먹나(홍역 들면 상 못 받아서 먹는다.).

소도리: 남의 말전주.

소리고동: 나팔고둥.

소살: 작살. ¶소살론 궤기 쏘곡(작살론 고기 쏘고.).

소섬→연평→우도: 소섬(1900년 전). 연평(1900년~1986. 3. 31.). 우도(1986. 4. 1. 우도면 승격~현재)

소임: 소임. 바다 구역 관리자.

소중의·소중기·속곳: 광목으로 만들어 물질할 때 입는, 오른쪽 가랑이가 트인 물옷. ¶멘 몬저 멩근 소중의 입엉 물에 들민 머정 잇나(맨 먼저 만든 고쟁이 입어서 물에 들면 재수 좋다.).

소쿠리: 소쿠리. 작은 대오리 바구니.

속곳: 맹낭. 소라의 소화기관.

솔치: 쑤기미.

솜: 말똥성게.

송동이: 아주 작은 바구니. ¶츨구덕(중간 단계의 바구니), 질구덕 (큰 바구니).

수두리보말·수두리: 팽이고둥.

수질: 수질. 멀미.

숨비소리: 해녀가 바다 위로 올라와 물속에서 참았던 숨을 길게 내쉴 때 내는, 휘파람 같은 소리.(어어엉 휘이잇~)

숨빔질: 자맥질.

숨은여: 여와 여 사이 눈에 잘 보이지 않는 작은 여.

숨이 톨깍톨각: 숨이 꼴깍꼴깍.

숨줍다: 숨조이다. 숨막히다. ¶숨 톨깍 톨각(숨 꼴깍 꼴각.).

쉐: 소[牛]. ¶줌녀질 헐거민 차라리 쇠로 날걸(해녀질 할 거면 차라리 소로 날걸.).

쉬멍쉬멍: 쉬엄쉬엄.

시꾸다: 꿈꾸다. ¶설귀떡 시꾸민 생복 튼덴 헤라(설기떡 꿈꾸면 전복 튼다 하더라.).

시드레기: 덜 마른 해초. ¶시드레기 우미 물리라(덜 마른 우뭇가사리 말려라.).

식게(제서): 제사. 기제사. ¶먹을 거 엇은 식게에 절흔다(먹을 것 없는 제사에 절한다.).

신구미: 바닷속 그늘. ¶신구미 전 물건 안 보여라(바닷속 그늘로 물건 안 보이더라.).

신사라망사리: 뉴질랜드삼을 꼬아서 만든 망사리.

실겡이: 거름용 해초의 일종.

실어랭이: 실놀래기. 뭉치놀래기.

심방(무당): 무격. 무속인.

싱피왓: 습기가 많은 밭.

스망일다: 사망일다. 재수나 운이 좋다. ¶오늘 스망일언 고동 하영 잡아서(오늘 재수 좋아서 소라 많이 잡았어.).

슬지다: 살지다.

슒다: 삶다. ¶궤기를 슒다(고기를 삶다.).

숯: 새끼. 새끼줄. 금줄. ¶아들 낳으면 금줄에 고추와 숯을 매달고 딸을 낳으면 금줄만 집 출입구(올래)에 쳤다.

승키 구덕: 푸성귀를 담는 바구니.

승키: 푸성귀.

싸다: 써다. 바닷물이 써다. 썰물.

쎄다: 세다. ¶물발이 쎄다(물발이 세다.).

씰지미여: 실 같이 가는 여.

쑬물: 썰물.

쑬물각: 썰물이 센 구역. ↔ 들물각

쑬방구: 새끼 소라.

ㅇ

아끈줴기(조금): 아츠조금. 매월 음력 7일과 22일의 물때.

아방: 아버지.

아홉물: 아홉무날. 매월 음력 2일과 17일의 물때.

안거리: 안채.

안깡: 바다 쪽에서 안으로 들어온 곳.

알¹: 아래쪽.

알²: 알. ¶문게알(문어알).

암굴(산굴): 소중의 왼쪽 옆이 막힌 가랑이.

앞처지: 소중의 허리 위 앞쪽. ↔ 뒤처지

애기구덕: 아기구덕.

애기바당: 물질 기량이 서툰 해녀들의 작업 구역.

애기줌녀: 물질을 갓 배우기 시작한 해녀.

야가지: 목을 속되게 이르는 말.

양철테왁·담부테왁: 양철로 만든 뒤웅박. ¶1960년대 만들어 뒤웅박으로 사용.

어깨말이: 양쪽 어깨끈이 달린 소중의(물옷).

어렝이: 어렝놀래기.

어멍: 어머니.

어음: 망사리 주머니 입구 굴렁쇠 모양의 둥근 나무. ¶테왁과 한 벌이 되게 연결하기 위한 굴렁쇠 모양의 나무.

엄젱이눈: 제주시 애월읍 신엄리에서 만든, 눈알이 두 개인 물안경.

엇다: 없다. ¶어멍 어신 설은 애기.(어머니가 없는 슬픈 아기.)

엉덕: 엉덕. 바위 아래쪽 안으로 움폭 들어간 곳. ¶엉덕 아래 보라, 생복 이실 거여(엉덕 아래 보아라, 전복 있을 거야.).

에우다: 모집하다. ¶줌수들 에우라(해녀들 모집해라.).

여: 여. 바닷물 속 돌 동산. ¶대부분 해산물이 서식하는 곳.

연철: 연철. 납 봉돌. ¶해녀들이 잠수복 입고 입수하는 데 편리하게 허리에 찬다.

열두물(막물): 열두무날. 매월 음력 매월 5일과 20일의 물때.

열물: 열무날. 매월 음력 3일과 18일의 물때.

열흔물: 열한무날. 매월 음력 4일과 19일의 물때.

염송애기: 염소.

영등굿: 영등신을 맞이하는 굿. ¶2월 초하루부터 보름까지 제주를 한 바퀴 돌면서 바다에 무사안녕을 비는 굿.

영등돌: 영등달. 음력 2월. ¶영등돌 넹기기 전엔 개궤기 안 먹나(영등달 넘기기 전에는 개고기 안 먹는다.).

영등맞이: 음력 2월 초하루부터 2월 보름(우도인 경우 음력 2월 보름.).

영등송별굿: 음력 2월 보름에 치르는 굿.

영등할망: 영등할머니. 영등신. ¶영등할망 들어온 땐 조왕제 못 지낸다(영등할머니 들어온 때는 조왕제 못 지낸다.).

영장: 송장. 시신.

예펜: 여편네. 여인. ¶예펜네(여인네.).

오몽허다: 움직이다.

오분작: 오분자기.

오분작여: 오분자기가 많이 서식하는 여.

올라오다: 잡은 해산물이 망사리에 가득 채워지다. ¶물질허당 보나 망사리 올라왐저(물질하다 보니 망사리 올라온다. 곧 잡은 해산물이 망사리에 채워지고 있다.).

옷벗은굴멩이: 늙은 군소.

옷앚는여: 가마우지가 많이 앉는 여.

외대받이(선): 외대박이. 돛대가 하나인 범선. ¶대부분 해녀들의 물질 배였음.

용왕: 용왕. 바다의 신령.

우럭: 쏨뱅이.

우미(천초): 우뭇가사리.

우미 꽃피다: 우뭇가사리가 다시 돋아나다.

우미 숢다: 우뭇가사리를 삶다. ¶우뭇가사리 묵을 만들다.

우미 적돋다: 우뭇가사리가 쇠다. ¶우미 적돋안 풀지 못 허키여(우
뭇가사리가 쇠어서 팔지 못하겠어.).

우미망사리: 우뭇가사리를 담는 망사리.

우박망태: 해파리.

우알진물: 윗물은 따뜻하고 아랫물은 찬 구역.

우장(雨裝): 우장. ¶영등 할망 우장썬 며느리 도란 드러왐쩌(영등신
우장 쓰고 며느리 데리고 들어온다.).

우치다: 궂다. 날씨가 흐리다.

원(垣): 돌발. 조간대 안쪽으로 들어온 곳에 돌담을 쌓아 밀
물에 들어온 고기떼를 썰물이 나면 잡는 어로법.

웨살: 사리, 밀물과 썰물 차가 심한 무수기. 다섯무날서부터
열무날까지.

웽이: 흑돔.

의몸: 소중의 허리 아래쪽.

이녁: 너. 자기.

이대받이(선): 이대박이. 돛대가 두 개인 범선.

이멍거리: 해녀들이 물질할 때 머리가 흐트러지지 않게 묶는 하얀 머리띠. ¶상어는 자기보다 크면 공격하지 않는다 하여 머리띠를 풀어서 발에 묶기도 했다는 설.

일곱물: 일곱무날. 매월 음력 15일과 29 또는 30일의 물때.

일반초: 초벌 우뭇가사리.

입여께: 남의 입방아에 오르내림.

오묵다: 고묵다. 해묵다.

오묵은 생복: 고묵은 생복.

오둡물: 여덟무날. 매월 음력 1일과 16일의 물때.

오물: 여물. 알맹이.

오섯물: 여섯무날. 매월 음력 매월 14일과 29일의 물때.

오튼바당: 얕은 바다.

옵다: 여물다. 야물다. ¶옵은 허벅 진 사람 만나민 재수좋나(여문 물동이 진 사람 만나면 재수 좋다.).

ㅈ

자락: 넓고 펑퍼진 지형.
자리: 자리돔.

자울락: 기우뚱.

작지: 자갈.

잠지패기: 볼기짝.

장통알: 지명.

재기재기: 빨리빨리. 재우재우. ¶물쌈쩌 재기재기 출리라(물 썬다 빨리빨리 차려라.).

잰잰ᄒ다: 자잘하다.

쟁비름: 배말.

저립: 제방어.

적앚은 우미: 막물 우뭇가사리.

전도금: 전도금. 선급금.

전복: 전복.

전주(錢主): 전주. 해녀를 모집하는 사람.

정각: 청각.

정새ᄇ름: 동동북풍.

정제(정지): 부엌.

정ᄎᆞᆷ물질: 정상적인 물질.

조각(초각): 초벌.

조각메역: 처음 캔 미역.

조각우미: 초벌 우뭇가사리.

조겡이: 조가비. 오분자기 껍데기.

조금(막물): 매월 음력 6일과 21일 물때.

조금사리: 물발이 세지 않은 무수기. 열한무날부터 다음 물
때 너무날까지.

조락: 크기가 작은 보조 망사리.

조왕신: 조왕(竈王). 부엌 지신.

족바지: 뜰채.

족은눈(족쉐눈·궤눈·엄쟁이눈): 알이 두 개인 물안경.

졸락코지: 놀래미 낚는 곳.

종제기: 종지.

주낫: 주낙. 연승.

주목: 배 닻줄 거리.

주젱이: 주저리. ¶눌이 커도 주젱이가 으뜸인다(가리가 커도 주저리
가 으뜸이다.).

죽은굴: 소중의 오른쪽 옆이 트인 가랑이. ↔ 산굴.

줄아시: 거름용 실겡이 듬북을 캐는 장 낫.(길이 5m, 폭 10㎝ 정
도로, 활처럼 휘어져 있음. 태우에서 양쪽에 사람이 당기고 밀면서 앞
으로 나가면서 듬북을 벤다.).

중군: 물질 기량이 중간인 해녀.

중들다: 움츠러들다. ¶보말 중들언 올지 못 허키여(고둥 움츠러들어

서 열지 못하겠어.).

지: 지(紙). 한지에 쌀이나 밥을 주먹만큼씩 싸고 무명실로 동여매어 바다에 던지는 제물.

지드림: 지를 가족 수만큼 만들어 가정과 가족의 무사 안녕을 기원하며 던지는 의례.

지름바당: 잔잔한 바다.

지름새: 동풍.

지물지ᄇ름: 물의 흐름과 바람 방향이 같음.

지세ᄇ름: 오래 부는 동풍.

지실감저(지실): 감자.

진여: 길게 뻗은 여.

진창: 소라 내장.

진코지: 바다 쪽으로 길게 뻗은 지형.

짇을커: 땔감.

질: 길.

질구덕: 물건을 넣고 지는 큰 대바구니.

짚망사리(걸망): 볏짚을 꼬아서 만든 망사리.

ᄌ들다: 걱정하다.

ᄌ락: 자루. 손잡이.

ᄌ랑개: 작은 포구. ¶안ᄌ랑개(안쪽에 있는 작은 포구).

ᄌ문: 해산물 채취.

ᄌ문물질: 금했던 해산물을 채취하기 시작하는 물질.

ᄌ물다: 해산물을 캐내다.

ᄌ둥이: 잔등이.

ᄌᆷ녀(ᄌᆷ수): 잠녀(잠수).

ᄌᆷ녀배: 해녀 배. ¶외대반이 범선.

ᄌᆷ수굿: 해녀들의 무사태평과 풍요를 기원하는 굿.

ᄌᆷ치다: 물에 잠기다. ¶바닷물에 잠길 때를 이르는 말.

중게호미: 해녀들이 물질할 때 쓰는 낫. ¶가정에서 일상적으로 쓰는 낫은 비호미.

ᄍ물: 짠물. ¶ᄍ물을 질어 오라, 배추 몸 죽이게(짠물 길어 오라, 배추 몸 죽이게. 배추를 짠물에 절이다.).

ㅊ

차반지: 차반. 아주 작은 바구니.

창오지: 창호지. 한지.

창지: 창자.

창터진여: 해녀들이 자맥질을 할 수 없는 여.

챙빗구릿: 자잘한 벵에돔.

처지: 소중의 허리 위쪽. ¶앞쪽은 앞처지, 뒤쪽은 뒤처지.

천초(우미): 우뭇가사리.

청우미: 이끼 낀 우뭇가사리.

초각메역: 처음 캔 미역.

초들물: 초들물. 초반의 밀물.

초쏠물: 초썰물. 초반의 썰물.

초용: 첫 물 나들이 물질. ¶초용 물질(처음으로 육지에 가서 하는 물질).

초조금: 초조금. 첫조금. 매월 음력 7일부터 10일까지, 21일부터 25일까지의 물때(아츠조금부터 두무날까지).

초흐루: 초하룻날.

촐: 꼴.

추구리다: 추기다.

추다: 쬐다. ¶불추다(불쬐다).

축차다: 통짜다. 동아리 짓다.

출가물질: 육지로 나가서 하는 물질. ¶봄에 나가서 추석 때 들어옴.

치메: 치마.

츠례배기: 차례대로.

츠례츠례: 차례차례.

출구덕: 허리에 차서 쓰는, 대오리로 만든 중간 바구니.

출레: 간이 세게 들어간 반찬. 젓갈류를 말함.

춤리다¹: 차리다. *음식을 차리다.

춤리다²: 챙기다. *물질 갈 도구를 챙기다.

춤깅이: 참게.

춤다: 참다. ¶물숨은 춤아사 물질 헌다(물숨은 참아야 자맥질한다.).

춤대: 낚싯대.

춤문게: 알을 싸지 않는 문어.

춤ᄑ래: 참파래. 식용 파래.

ㅋ

코 불다: 자맥질 중 수압으로 귀가 멍할 때 코를 잡고 숨을 내뱉다(숨을 내뱉으면 막혔던 귓구멍이 트인다.).

코머리 들다: 코감기에 걸리다. ¶코머리 들언 물질 못 햇저(코감기 들어 물질 못 했어.).

코생이: 고생놀래기.

코지(串): 곶. ¶육지에서 바다 쪽으로 길게 뻗은 지형.

콥대산이: 마늘.

쾌: 소중의 단추 구멍.

큰눈: 알이 하나인 물안경. ¶쒜눈, 고무눈, 통눈.

키: 성게.

ᄏ시: 고사. 고수레.

쿡 타다: 물질하다가 테왁과 망사리가 분리되다. ¶물질허단 쿡 탄 죽을 뻔햇저(물질하다가 테왁과 망사리가 분리돼 죽을 뻔했어.).

쿡테왁: 뒤웅박. 박 속에 있는 속을 파내 말려서 구멍을 막아 물에 뜨게 한 뒤웅박.

ㅌ

테도리줄: 테왁에 망사리를 매달기 위해 거는 둥근 두 줄.

테왁: 뒤웅박(쿡테왁, 담부테왁, 유리공테왁, 스티로폼테왁).

테왁망사리: 테왁에 망사리를 매단 한 벌.

테우: 떼. 뗏목 배.

톨: 톳.

톨밥: 톳밥.

톨왓: 톳밭.

톨파리: 물질 기량이 떨어지는, 새내기 해녀.

통시: 변소. ¶통시 만들 때나 고칠 때는 날 봥 혼다(변소 만들 때나 고칠 때는 날 봐서 한다.).

트다¹: 떼어내다.

트다²: 트다. 해경(解警)하다. ¶금햇던 해산물을 트다.

톤여: 따로 떨어진 여.

ㅍ

패데기왓: 바닷물 수심이 얕은 곳.

패마농: 쪽파.

펄: 뻘.

포자기(보재기): 보자기. 물고기 잡는 일을 업으로 하는 사람.

푸는체: 키.

푸닥거리: 굿거리.

풀캐기: 바닷속 잡초 제거. ¶봄과 가을에 미역과 우뭇가사리 생육에 방해가 되는 잡풀을 캐고, 캐낸 듬북들은 말려서 밭에 거름으로 썼다(1970, 80년대 이전 화학비료 시판되기 전).

풍광목: 바다에 떠밀려온 나무. ¶풍광목은 바로 집안에 가정 오는 거 아니여(풍광목은 바로 집 안에 가져 오는 거 아니야.).

풍선: 풍선. 범선.

푸래¹: 파래.

푸래²: 파리.

푸래밥: 파래밥.

풀다: 팔다. ¶해산물을 팔다.

ㅎ

하군: 물질 기량이 낮은 해녀.

하군불턱: '하군'들이 이용하는 '불턱'.

하늬ᄇᄅᆞᆷ: 하늬바람.

하줍수: 물질 기량이 낮은 잠수(潛嫂).

한조금(한사리): 한 물때. ¶매월 음력 9일서부터 23일까지와 24일서 부터 익월 8일까지의 물때.

한줴기(한조금): 매월 음력 8일과 23일의 물때.

할망바당: 나이든 잠녀들이 물질하는 구역. ¶상군이랑 할망바당에 오지 말라('상군'이랑 '할망바당'에 오지 마라.).

할망줍녀: 할머니 잠녀.

해경: 해경(解警).

해섬: 해삼.

해섬창지(미): 해삼 내장.

허우치다: 해녀의 팔 놀림.

허채: 허채(許採).

혁숙이: 어랭놀래기. ¶궤기 낚을 때 첫 혁숙이 물민 재수 엇나(고기 낚을 때 처음 어랭놀래기가 낚이면 재수가 없다.).

험냉이: 우뭇가사리에 붙은 바다 잡풀. ¶버난지 줏이난 험냉이 뿐이여(버난지 주우니 험냉이뿐이야.).

헛무레(헛무레질): 여러 가지 해산물을 잡는 작업. ¶소라, 전복, 오분자기, 해삼, 문어 등.

호상: 수의.

홀어멍: 홀어미. ¶잔치 옷 홀어멍 안 흔다(잔치 옷 홀어미 안 만든다.).

홈텡이: 홈통. 바닷가 웅덩이. ¶바당 홍텡이에 모살 ᄀ득으민 풍년
들곡, 모살 파지민 숭년 든다(바다 홈통에 모래 가득하면 풍년 들고,
모래 파이면 흉년 든다.).

홈텡이물질: 홈통에서 배우는 물질.

홈패기: 한 장소에서만 하는 물질.

홈프다: 파내다.

홍해섬: 홍해삼. 붉은 해삼.

후내기: 이안류.

훔치: 바다 쪽에서 육지 쪽으로 들어온 앝은 구역.

ᄒ르: 하루

ᄒ름새기: 망사리 크기를 조절하는 줄.

ᄒ물: 한무날. 매월 음력 9일과 24일의 물때.

ᄒ저ᄒ저: 어서어서.

바다는 해녀를
해녀는 바다를

2024년 9월 30일 초판 1쇄 발행

지은이 강영수
펴낸이 김영훈
편집장 김지희
디자인 김영훈
편집부 이은아, 부건영
펴낸곳 한그루
　　　　출판등록 제651000025100200800003호
　　　　제주특별자치도 제주시 복지로1길 21
　　　　전화 064 723 7580 전송 064 753 7580
　　　　전자우편 onetreebook@daum.net 누리방 onetreebook.com

ISBN 979-11-6867-177-5 (03810)

값 20,000원